将軍の秘姫

剣客大名 柳生俊平 7

麻倉一矢

時代小説

二見時代小説文庫

JN199628

目次

将軍の秘姫《ひめ》——剣客大名 柳生俊平《としひら》7

将軍の秘姫《ひめ》　剣客大名　柳生俊平7・主な登場人物

柳生俊平《やぎゅうとしひら》……柳生藩第六代藩主。将軍家剣術指南役にして茶花鼓《ちゃかぽん》に通じた風流人。

立花貫長《たちばなやすなが》……一万石同盟を結んだ筑後三池《ちくごみいけ》藩一万石藩主。十万石の柳河《やながわ》藩は親藩。

喜連川成氏《きつれがわしげうじ》……公方様《くぼうさま》と称される足利《あしかが》家の末裔の喜連川藩主。一万石同盟に加わる。

有馬氏久《ありまうじひさ》……他界した御側御用取次《おそばごようとりつぎ》有馬氏倫《うじのり》の養嗣子。家康の玄孫《やしゃご》という血筋。

梶本惣右衛門《かじもとそうえもん》……服部半蔵の血を引き、小柄《こづか》打ちを得意とする越後高田藩以来の俊平の用人。

大樫段兵衛《おおがしだんべえ》……藩を飛び出していた貫長の異母弟。兄と和解し、俊平の義兄弟となる。

一柳頼邦《ひとつやなぎよりくに》……伊予小松《いよこまつ》藩一万石藩主。一万石同盟を結び義兄弟となる。

伊茶姫《いさひめ》……一柳頼邦の妹。小野派一刀流の使い手ながら俊平の新陰流道場に通う。

玄蔵《げんぞう》……遠耳の玄蔵と呼ばれる大奥お庭番。吉宗の命《めい》により俊平を助ける。

団十郎《だんじゅうろう》……大御所こと二代目市川団十郎。江戸中で人気沸騰の中村座の座頭。

仙波半兵衛《せんばはんべえ》……黒田藩藩主の側近ながら、膳奉行に回された剣の達人。

妙春院《みょうしゅんいん》……柳河藩主立花貞俶《さだよし》の妹真弓姫《まゆみひめ》。夫の死後、藩財政のために働く女傑。

鶴姫《つるひめ》(里《さと》)……吉宗の紀州藩主時代の落とし胤《だね》。有馬氏倫に預けたが出奔し堺で育つ。

黒田継高《くろだつぐたか》……黒田藩五十二万石の当主。黒田官兵衛の末裔らしい策謀家。

芝辻祥右衛門《しばつじしょうえもん》……高須神社《たかすじんじゃ》 縁《えにし》の者にして堺きっての鉄砲鍛冶の家。鶴姫の養父となる。

第一章 焼き鯛《だい》の味

一

「立花《たちばな》殿、ご堪忍《かんにん》なされい！」

柳生俊平《やぎゅうとしひら》が、菊《きく》の間《ま》の襖《ふすま》をそろりと開けると、いきなり大きな声が響きわたった。

ここ本丸大名控えの間では神妙な小大名たちが、殺伐《さつばつ》とした気配で沸《わ》きかえっている。

諸大名の重なりあう正装大紋《だいもん》の肩越しにうかがえば、その中心に俊平の結んだ戯《たわむ》れの一万石同盟の義兄弟立花貫長《やすなが》と喜連川茂氏《きつれがわしげうじ》の姿がある。

「殿中《でんちゅう》でござるぞ、立花殿ッ！」

烈火のごとくに怒り狂う立花貫長を止めているのは赤穂藩主森政房《あこうはんしゅもりまさふさ》である。

後ろからはがい締めにされ、貫長は懸命にもがくが森政房はすっぽんのように貫長の背に張りついて離さない。

その森政房を、さらに動かないよう背後からひときわ大柄な公方様《くぼうさま》喜連川茂氏が抱え込んでいた。

「どうしたのだ、茂氏殿ッ」

およそ十人ほどの大名の肩越しに、俊平が茂氏に声をかけた。

「おお、俊平殿。貫長殿が怒っておるのだ。ついに脇差しを抜いてしまったのだ！」

茂氏が、俊平に向かって怒鳴るように叫んだ。

「それは、いかん！」

俊平は、諸大名をかき分け前に出ると、貫長の喧嘩《けんか》の相手を見てぎょっとした。

将軍吉宗《よしむね》が紀州藩主《きしゅうはんしゅ》の当時から右腕として支えつづけ、今年になって他界した御《お》側御用取次《そばごようとりつぎ》有馬氏倫《ありまうじのり》の養嗣子《ようしし》有馬氏久《うじひさ》である。

老中幕閣をはるかに凌ぐ権力を振るった氏倫が、子ができぬのでやむなく養嗣子にした男で、血筋は徳川家康《とくがわいえやす》の玄孫《やしゃご》、将軍吉宗も一目《いちもく》を置いており、この菊の間詰めの小大名で逆らえる者はいない。

感情をあまり外に出さない俊平も、さすがに嫌悪の情で顔を歪《ゆが》めた。

「有馬殿、なにがあったかは存ぜぬが、ここは殿中、お控えくだされ」

俊平が、貫長を背後に庇《かば》って氏久の前に立った。

「なにを申す。控えるのはこの男ではないか。いきなり殿中で脇差しを抜き払い、私に斬りつけようとしたのだ」

息を荒くして、氏久が言う。

立花貫長は俊平が現れたので、急に気力が抜けてしまったか、がくりと肩を落とした。

「たしかに。ここは殿中だ。脇差しを抜いたのはまずい。いやァ、とんでもないことをしてしまった」

貫長はそう言って荒く息をつぐと、何処《どこ》かの藩主が、怖い顔をして貫長から脇差しをもぎとった。

俊平らと同じ菊の間詰めの大名で、どうやら氏久の仲間らしい。

貫長は、もはや茫然《ぼうぜん》として気力も失せ逆らうそぶりもない。

怒りが静まってみると、刀を抜いてしまったことの重大さが、貫長の脳裏《のうり》を支配しはじめたらしい。

「どうした、貫長。おぬしらしくもないではないか」

俊平が、悲しげに貫長に振りかえり、小声で言った。

「いったい、なにがあった」

俊平は、貫長の脇に立つ茂氏に問いかけた。

「私と貫長殿が話し合っておると、こ奴がうるさいと難癖《なんくせ》をつけてきおった。わしの声が大きいのは地声だ」

「だが、それくらいのことで貫長が脇差しを抜いたのか」

俊平は、いまいましそうに有馬氏久を見かえし、また茂氏に訊いた。

「なに、いくらわしの気が荒いとはいえ、それだけのことで刀を抜くなど、あろうはずもない」

茂氏に代わって貫長が言った。

「なれば、なにゆえ」

「初めのうちは、こ奴が茂氏殿を侮辱《ぶじょく》して聞き捨てならぬことをあれこれ言っておった。図体ばかりでかい五千石、お情けで徳川家に飼われている足利《あしかが》将軍家の成《な》れの果《は》て、などとな」

また怒りが込み上げてきたのか、貫長が氏久に詰め寄った。それを、また森政房が必死で留める。

「おのれとて、一万石であろうに」

俊平が、吐き捨てるように言った。

「こ奴は、菊の間詰めなのが面白くないのだ。茂氏殿をまえまえから妬《ねた》んでおったのだ」

貫長が、憎悪で顔を赤黒く染めていた。

「だが、それだけで、なぜおぬしが……」

俊平はわけがわからず、もういちど貫長を見かえした。

「こ奴め、次に茂氏殿に味方することが気にくわぬのか、わしを嘲《あざけ》りはじめた。哀れ一万石。有明《ありあけ》の田螺《たにし》、ムツゴロウなどとあらんかぎりの罵詈雑言《ばりぞうごん》でな」

「おぬしのことを知っていたのか」

「そこの乾分《こぶん》が、耳打ちした」

乾分とは貫長の脇差しをもぎ取った男らしい。

「有馬殿、なぜそのような子供じみたことばかりを言うのだ」

俊平が、険《けわ》しい表情で氏久に向き直った。

もの静かな口ぶりだが、俊平にはめずらしくほとんど殺気のようなものさえ放っている。

将軍家剣術指南役《しなんやく》である柳生俊平に迫られて、さすがに氏久は顔色を変えた。

「いや、こ奴が有馬の海賊め、などとわしを罵《ののし》ったからだ。私の領地は伊勢西条《いせさいじょう》、西国大名の久留米《くるめ》藩有馬家は遠縁に当たるがほぼ無関係だ」

有馬氏久の伊勢西条家は、有馬氏倫が立藩した藩で氏久は二代目。陣屋は伊勢にある。

「そうであったな。たしかに伊勢西条の有馬は一万石、あちらは二十一万石だ」

立花貫長が、吐き捨てるように言った。

久留米藩は、柳河《やながわ》藩、三池《みいけ》藩とは隣藩も同然であるから、貫長は久留米藩有馬家のことをよく知っている。

「もうよそう、有馬殿――」

「なにを、よすのだ」

氏久が、ふてくされたように言った。

「この喧嘩、いずれにとっても、利のあるものではない」

「おれは元より、なにもしておらぬ。こ奴が脇差しを抜いて刃傷《にんじょう》におよんだのだ。こ奴を止めたのが、赤穂藩の森殿とは皮肉よの。次は、奴の家臣が当家に討ち入りか。とまれ、こ奴は、殿中で刀を抜いたゆえ、切腹はまちがいなかろう。上様《うえさま》はきっとお許しになるまい」

　嘲るように、氏久が言った。

「のう、有馬殿。ここは私に免じて収めてはくれぬか」

　俊平が重ねて言った。

「いやだ」

　氏久が、貫長にグイと顔を近づけ、睨《にら》みすえてそう言った。

「ええい、こ奴、許せぬ」

　立花貫長が、またもがきはじめた。

「刀をそのように持っておられては、危のうござるぞ」

　俊平は、隙を見て貫長の脇差しをもぎとった大名の手からさっと刀を奪い返すと、貫長の鞘《さや》にすばやく納め、さらに己の脇差しを茂氏に手渡して、俊平が貫長のものを腰に沈めた。

「もうよいぞ。森殿」

　俊平は、貫長をはがい締めにしていた森政房にそう言い、取り囲んだ諸大名をぐるりと見まわすと、

「おのおの方。今日のことは、夢まぼろしよ。なかったのでござる。よろしうござる

な」

そう呼びかければ、みなとっさに返答に窮《きゅう》し、困ったように顔を見あわせた。

「そうだ、そうだ。なかったのだ。悪い冗談であった。みな、忘れましょうぞ」

森政房が再度一同に呼びかければ、

「さよう、さよう」

諸大名が、ポツポツとそう言いはじめた。

「有馬殿――」

俊平が、あらためて有馬氏久に向き直った。

「なんだ」

「殿中でのことゆえ、この争いが表沙汰《おもてざた》になれば、喧嘩両成敗《りょうせいばい》となろう。そこもとて無事では済まされまい。それに三池藩が断絶となれば、赤穂浪士の二の舞だ。三池藩の浪士がいつまでもその首を奪うまで追い詰めよう。今日のことは、このように収めるのが良策。なかったことにいたそう」

俊平がそう言えば、

「いや、討ち入りなど怖くない。わしはうやむやにはせぬぞ。このような下衆《げす》大名に罵倒《ばとう》され、当方の面目《めんぼく》が立つと思うか。わしは神君徳川家康公の玄孫。わしは断じて許さぬ」

鼻息も荒く、貫長を憎々しげに見かえした。

乾分の大名もうなずく。

「だいたい、わしは刀を抜いてはおらぬ。これで、両成敗になどなろうはずもない。そもそも喧嘩さえしておらぬ。柳生。おまえは、将軍家剣術指南役をかさにきて、喧嘩を収めるなど、十年早いわ」

「言うたな。有馬」

俊平はカッとなって、氏久を睨みすえた。

思えば、この男の義父有馬氏倫は、将軍吉宗の御側御用取次役として幕閣内で専横を極め、老中といえども鼻先であしらい、顰蹙《ひんしゆく》を買ってきたのであった。

俊平が柳生家に養嗣子として入るに際し、正室は邪魔と、強引に幕命で妻阿久里《あぐり》と離別させたのは有馬氏倫であったという。

日頃は感情を滅多《めつた》に表さない俊平も、カッとなって身震いを始めた。

それを、喜連川茂氏が押さえる。

「ちっ」

氏久は俊平を睨みすえ、取り巻いた諸大名に目をやると、大きく舌打ちして菊の間を去って行った。取り巻き大名がその後を追う。

「貫長殿、困ったの」

氏久の後ろ姿を見送って、俊平が茫然と佇《たたず》む義兄弟立花貫長に声をかけた。

「わしは、もうだめだよ……」

貫長が赤穂藩主森政房を、見かえした。

「そのことは、赤穂藩主であられる森殿がいちばんよくわかっていよう」

森政房は返す言葉もなく目を伏せるのであった。

二

ひとまず、その日は俊平の機転が功を奏《そう》し、なんの騒ぎもなく終わった。

妙に静まりかえった数日が過ぎ、将軍吉宗からも、幕閣からも、表向きこの事件を取り上げる声は出ていない。

俊平もしばし事件を忘れようとつとめたが、その深刻さを思えば、けっしてこの件がうやむやになろうはずもないと見てよいだろう。

そんなある日のこと、

「かえすがえすも、とりかえしのつかぬことをなされましたな」

朝稽古《げいこ》を終え昼餉《ひるげ》を済ませた俊平にかれこれもう二十年余付き従う用人梶本惣右衛《かじもとそうえ》門《もん》が思い詰めていたのであろう、呻《うめ》くようにそう言った。

あの場には、貫長、茂氏、それに有馬氏久の三人の他に、二人を取り囲んだ大名が十名ほどいた。

俊平、茂氏が他の大名に頼み込んで、なかったことにはさせたが、茶坊主《ちゃぼうず》が菊の間には出入りしていたので、将軍吉宗の耳にまで達することはまず避けようもない。

これだけ公然と、殿中で刃を振るえば、何事もなかったでは済ませられるはずもないのである。

「なんとも、気の晴れぬことよ」

俊平は、酒でも入れれば貫長の救済策が思い浮かぶやもしれぬ、と、惣右衛門を供に芝居茶屋の立ち並ぶ堺町《さかいちょう》外れの煮売り屋〈大見得《おおみえ》〉に足を向けた。

ようやく彼方《かなた》に中村座《なかむらざ》の大櫓《おおやぐら》を望む大通りで、

（これは、どうしたことだ……）

俊平は、〈大見得〉のようすがいつもとちがうことに気づいた。

店の前は大変な人だかりで、とてもなかに入ることなどできそうもない。

芝居が跳《は》ねてすでに半刻（一時間）ばかりは経っており、見物客はあらかた帰ってしまった後なので、それほど人が集まるのは妙である。

（はて、なんであろうな……）

惣右衛門と顔を見あわせ、群集の背に歩み寄ってみると、なにやらみな揃《そろ》って、店のなかをのぞき込んでいる。その視線の先をうかがい、

——なあんだ。

合点《がてん》して、俊平は惣右衛門に笑いかけた。

大御所《おおごしょ》こと二代目市川団十郎《いちかわだんじゅうろう》が、店の奥で付き人達吉《たつきち》と一緒に酒を飲んでいる。

いや、飲んでいるというより、お目当ては食べるほうらしく、大きな焼き鯛を前にしてその身を美味《うま》そうに口に運んでいるのであった。

見れば大御所は人目を忍んで来たらしく、化粧を落とし、地味な服装で、店の隅で衝立《ついたて》に隠れるようにしているのだが、やはり贔屓筋《ひいきすじ》の目は誤魔化《ごまか》せないらしい。すぐに見つかって、騒ぎとなってしまっているのであった。

二代目市川団十郎は大の美食家で、旨《うま》いものには目がないことを俊平はよく知っているが、さりとて〈大見得〉にそれほどの旨いものがあるとも思えない。

「それにしても、大御所は旨そうに食っておるな。鯛はことのほか春の物が美味いと

いうが、今はもう秋だ。それほどに旨いものか」

俊平は、振りかえって惣右衛門に問うたが、

「贅沢《ぜいたく》を知らぬ私のような者に、鯛の旬《しゅん》などわかりませぬ。いっそ、団十郎殿に直《じか》にうかがったほうがよろしいのでは」

惣右衛門は苦笑いして、俊平にひとまず店の奥に入るよう促した。

「ちと、道を開けてくださらぬかの」

店をのぞき込む見物客の背にそう声をかけ、割り込むようにして、まず惣右衛門が店に入ると、女将《おかみ》のお浜《はま》が、

「まあ、俊平さま、ご用人さま」

と二人に声をかけてきた。

初めのうちは、俊平も貧乏旗本の三男坊で通っていたが、今では俊平の身分はお浜にバレてしまっている。だからといってお浜もすぐ、馴染《なじ》み客である俊平への態度を変えないのが嬉しい。

「それにしても、すごい人だね。あれは大御所の姿をひと目見たい人かい？」

俊平が人だかりを振りかえって言えば、

「そうなんですよ。このところ、ずっとこんな調子なんです」

お浜は、商売繁盛はありがたいが、ちょっと困った事態になっていると俊平に愚痴《ぐち》った。

「いつからこの店の焼き鯛が、大御所を惹《ひ》きつけるほど旨くなったんだい」

「それが、あたしにもわけがわからないんですけど」

お浜は首を傾げてから、

「やっぱりわけを探すと、炭じゃないかと思うんですよ」

と推理の糸をたどるようにして言った。

「ほう、炭か――」

俊平は炭だけでそれほどちがうものかと、お浜のふっくらしたお多福顔《たふくがお》をうかがい見た。

お多福顔といっても、それは輪郭《りんかく》の話で、目鼻だちがととのっているので、大御所に言わせれば、

――こんなところに置いておくには、もったいない美形。

とのことで、

――男として連れ帰って、女形《おやま》にしたい。

というから、話はややこしい。

「先生、一緒にいかがです」

大御所団十郎が、お浜と話し合う俊平を見つけて、声をかけてきた。

団十郎が、舞台で大向こうを唸《うな》らせる大声で言うものだから、いっせいに酔客の目が俊平に注がれた。

「いいのかい、大御所。お忍びで来たっていうのに、目立っちまうよ」

俊平がそう言えば、大御所は苦笑いして、

「いやァ、とっくに目立っちまった。それなら鬱陶《うっとう》しい人の目を気にするより、柳生先生と賑やかにやったほうがよっぽどいい。そちらのご用人様もいかがです」

「これは、貫長の救済を語り合うどころではないな」

惣右衛門にあきらめたほうがいいと耳打ちして、俊平は草履《ぞうり》を脱ぎ大御所の屛風のうちに入った。

達吉が俊平に座を譲り、大御所の脇に移る。

「それじゃァ、大御所が食べている旨いと評判の焼き鯛を私ももらおうか。惣右衛門の分もな」

お浜が注文を受けて奥に消えると、

「これはたしかにだいぶちがいそうだ。カリッと焼けているうえ、身が反っくり返って元気がいい。待ちきれないな」

俊平が達吉の皿をのぞき込んでそう言えば、

「先生、よろしかったら」

達吉が、自分の食べかけの鯛を、そろそろと俊平の前に差し出した。

「おい、達吉。そりゃァ失礼だぞ。柳生先生はお大名なのだ」

団十郎が、苦笑いして達吉を叱った。

「いや、いいのだよ。達吉は、いつも私にやさしいよい男だ。ちょっとつまませてもらうよ」

俊平は遠慮なく箸《はし》をとって、達吉がまだ箸をつけていない鰓《えら》のあたりの身をつまんで口に入れた。

「ほう、こりゃァすこぶる旨い。まことにもって、信じられぬくらいだ。私見だが、鯛は桜鯛というように産卵前の春のものがいちばんと思っていたが、この季節の鯛が、なにゆえこれほど旨いのか、わけがわからぬな」

俊平が、すっかり真顔になって大御所を見かえした。

「なんでも、女将の話じゃ、炭がちがうらしいんで」

達吉が言う。

「その話、聞いたぞ。だが、炭くらいで、なにゆえこれほどちがうのか……」

俊平が、休みなく鯛を口に運びながらぼそぼそと言う。

「これは、備長炭《びんちょうたん》かい？」

「いえ、焚石《たきいし》だそうで」

「焚石？　いったいそれはなんだね」

わけがわからぬといった態《てい》で、俊平が達吉を見かえした。

「それが、火のように赤くなる石だそうで、はるばる西国九州から届いたものだそうです」

「なに、石が燃えるのか」

俊平が、驚いて惣右衛門と顔を見あわせた。

「燃えた石をいったん消しましてね、火力の勢いを止めたものを運んでくるんだそうで」

「そんな石があることは、かつて立花貫長から聞いたことがあった。それにしても世間というものはまことに広いものだな」

俊平がすっかり感心して、また一口、鯛の身を口に運ぶ。

「だが、これだけ旨いと、もう止められぬ。大御所の気持ちがよくわかるよ」

俊平は、そう言って惣右衛門にも勧めた。

「それがしは……」

惣右衛門はまだ箸さえつけていない。

「なんだ」

「殿と同じ皿の物を、家臣であるそれがしが食するなど、とてもできるものではありませぬ」

「堅い男だな。好きにせい」

俊平は、惣右衛門を苦笑いして見かえし、

「だがその石さえあれば、江戸じゅうの食い物が、これより後はるかに旨くなることになるな」

「焼くモンは、そうでしょうねえ」

大御所も同じことを言って、また鯛の身をパクつく。そこへ、

「お待ちどおさま」

お浜が、いよいよチロリの酒と二人分の鯛を乗せた皿を運んできた。

「俊平さん、まあ食べてくださいな」

そう言って、お頭《かしら》つきの鯛を二尾、俊平と惣右衛門の膳に置いた。

「お浜さん。焚石とやらで焼くと、そんなに旨い物になるのかい」

「火力が違うんですよ。あんな強い火は、これまで見たことがありません。近くにいるだけで、火照《ほて》って火照って」

焚石を蒸し焼きにしたものを竈《かまど》に投げ込むというのだが、火力がぜんぜんちがうとお浜は言う。

「凄いものを手に入れたな。いったい、どこでそれを手に入れたのだ」

俊平が問い返せば、

「じつは、うちのご贔屓さんがくだすったんですよ」

お浜が大切な秘密を打ち明けるように俊平に告げた。

「ほう」

お浜によれば、およそ数カ月前に店の常連となった芝居好きの黒田藩士《くろだはんし》が、その焚石を使ってみては、と置いていったという。

「なんでも、ご領地でその焚石が採れるんだそうですよ。なので、地元じゃ、町じゅうで使ってて、台所から風呂の湯まで沸かすんだそうですよ」

お浜が、又聞きした話を、ちょっと得意気にみなに紹介した。

「西国九州は不思議なところだ」

大御所が唸るよう言う。

「達吉も、少し取れ」

俊平が、皿に乗った焼きたてを勧めた。

「あっしはもう、じゅうぶんで」

達吉は俊平をうかがって、鬢《びん》をかいた。

「それにしても、これは、贅沢だな」

俊平も、さすがに目の色が変わっている。

「このような贅沢な物をいただいてよいものでしょうか」

惣右衛門が遠慮がちに箸を延ばす。

あとは、柳生主従が黙々と食うばかりである。

「そも、惣右衛門は口数の少ない男であったが、これほど無言でものを食う姿を見たのは初めてだよ」

俊平が、年来の用人を冷やかした。

「柳生様のお屋敷では、それほどしょっちゅう、鯛は食べられないので？」

達吉が、怪訝《けげん》そうに首を傾げた。俊平は、

「それは、そうだ。私の藩は、貧しい一万石だ」

と言ってから、

「そうであった。立花貫長のことだ」

ふと一万石同盟の義兄弟を思い出して眉を寄せ、惣右衛門を振りかえった。

「あの立花様が、どうかなすったので」

団十郎が、箸を休めて怪訝そうに俊平を見かえした。

「あの男は、すぐカッとなる。それが災いして、城中でやらかしてしまったのだ」

「なにをです」

団十郎の目が厳しくなった。

すぐに浅野内匠頭《あさのたくみのかみ》の刃傷事件を連想したらしい。

「脇差しを抜いたのだ」

「そりゃァ、まずい！」

団十郎の目が、さらに険しくなっている。

一瞬のうちに、座が白々《しらじら》となった。

「いやァね。あっしの座でも、いずれあの赤穂の事件を芝居にしようと目をつけていたところなんで。といっても、まだ三十年ほどしか経ってねえんで、実話のようには扱えませんで、いろいろ難しいところもありやすが。それにしても、立花様が刃傷沙汰とは信じられません」

「そうであろうな……」

俊平は返す言葉も見あたらず、口ごもった。

「立花様は、このままじゃえらいことだ。柳生先生、なんとか助けてやってくださいましよ」

団十郎が、真剣な眼差しで言って俊平に頭を下げた。

立花貫長は俊平が芝居見物に連れていってからすっかり団十郎とも親しくなって、時には楽屋にまで上がり込んでいる。

大御所には、馴染みの大名である。

「まあ、男団十郎に頭を下げてもらっても、私にできることは限られているから、せいぜい上様に命乞いの嘆願をするくらいなのだが、政《まつりごと》というものは、あれでなかなか難しいものだ。公平に評定《ひょうじょう》をしなければ、世に不満が出る。殿中で刀を抜いちまったら、これは罰せざるをえん。特例は、なかなか作りにくいものらしい」

そう話せば、やはり出るのは溜息ばかりである。

と、店の奥にいたお浜がまたもどってきて、

「ねえ、柳生様――」

と声をかけた。

「なんだい」

「さっきのお話ですよ。黒田藩の焚石のお侍さまなんですよ」

お浜が、壁際で一人猪口《ちょこ》を傾ける浅葱裏侍《あさぎうらざむらい》を振りかえった。

「えっ」

俊平と惣右衛門、それに団十郎と達吉四人が、いっせい箸を休めてそちらに目を向けた。

歳の頃は三十代半ば、いかにも地方から出て来たばかりのような飾り気のない侍が、こちらを見てうなずいている。温厚そうな人柄で、穏やかな笑みをこちらに向けてくる。

その人柄につられるようにして、俊平も頭を下げた。

「あちら、俊平さまと同じ新陰流《しんかげりゅう》を修めているんだそうですよ。なんだか、話したがっておられます。連れてきてよございますか」

お浜は、衝立越しに俊平に声をかけた。

「それはいいが、大御所が……」

「いいよ。ちょっと狭くなるが、おれは、いっこうにかまわない。こんな旨い鯛にありつけるようになったのも、あのお侍のお蔭だ」

大御所は猪口を持ったまま、その侍に顎《あご》をむけた。

「じゃ、いいんですね」

お浜はもういちど確認して、侍のほうにもどっていくと、その侍の飲みかけの酒と肴《さかな》を盆に載せ、こちら側の席に連れてきた。

「ご紹介しますよ。黒田藩の仙波半兵衛《せんばはんべえ》さん。こちらは柳生俊平さん……」

「あ、これは」

仙波半兵衛は俊平に一礼してから、ふと団十郎に気づき、凍りついたように身動きがとれなくなっている。

俊平と惣右衛門が、怪訝そうにその侍仙波半兵衛を見かえした。

「あなたは、もしや……」

「その、もしやですよ。二代目団十郎殿です」

俊平は、ようやく半兵衛が歌舞伎好きらしいことに気づいて笑いかけた。

話を聞いていたお浜が、その男に団十郎を紹介した。

「いやァ、なんと申しあげてよいか……」

半兵衛がぺこりと頭を下げた。

「ここ連日のように小屋に通っています。おかげで蓄《たくわ》えはなくなった」

とにかく、芝居が好きらしい。

俊平も話を聞いて苦笑いする。

「それにしても、江戸に出て来た甲斐《かい》がありました。評判の大歌舞伎が見られただけではなく、まさかの千両役者、市川団十郎殿とこうして面識ができた」

半兵衛は、感極まったように相好《そうごう》をくずした。

「江戸大歌舞伎に比べて、領国表の宮地《みやじ》芝居などは、村祭の出し物がせいぜいでつまらないものです」

団十郎はにやにやしながら、また鯛をつつきはじめた。

「あんたのおかげで、こんな美味いものが食べられた。できたらもっと持ってきてくれねえかい」

団十郎が、遠慮なく半兵衛にそう言って、

「お願いしますよ」

と、拝む真似までした。

「いや、それが……」

半兵衛が、困ったように頭を掻《か》いた。

「だめなんで？」

大御所が残念そうに顔を歪めた。

「じつは、藩の江戸屋敷にあるものは、もうあらかた使い果たしてしまい、次に江戸に荷が届くのは三月《みつき》先となるそうなんです」

半兵衛が、申しわけなさそうに言う。

「ええっ、そいつはなんとも、残酷な話だ」

大御所が、しばし茫然と半兵衛の顔を見かえした。

「そこんところ、なんとかならないもんですかい」

達吉が、団十郎の気持ちを察して口を添えた。

「はて、困りましたな。福岡《ふくおか》まで直接買いつけに来ていただければ、なんとかなるかもしれませんが……」

半兵衛は弱り切って、頭を撫でている。

「それは、残念だ……」

俊平が同じように吐息を漏らすと、半兵衛はようやく柳生俊平に挨拶《あいさつ》を済ませていなかったことに気づき、

「あ、これは遅れまして……」

と、申し訳なさそうに頭を下げた。

俊平と惣右衛門が、にやにや笑って顔を見あわせた。

「半兵衛さんは、剣のお師匠さんより団十郎さんだよ」

お浜が、冗談めかして仲を取り持った。

「とんだご無礼をいたしました。柳生先生をさし置いて、道楽ごとの芝居の話に気をとられてしまい、なんともはや……」

「いいのですよ。芝居好きなら大御所に逢えただけで、もう天にも昇る気分でしょう。気持ちは、よくわかります。私も、大御所にお目見えした時は、将軍にお会いした時よりも緊張しました」

「先生、ご冗談はやめてくだせえ」

大御所が苦笑いをして、俊平と半兵衛を見くらべた。

「じっと立っていられても困る。半兵衛さんとやら、まあとにかくお座りなせえ」

大御所は、そう言って半兵衛が遠慮がちに隣に座り込むのを見とどけて、

「そも、その焚石って、なんなんです」

と野太い声で隣の半兵衛に訊ねた。

「石炭《いしずみ》と呼ぶ人もいます。なんでも地中深く埋まっている黒い石で、それに火を点《つ》けると、燃えるんですよ」

「そいつは、凄い話だ」

俊平が唸って、大御所と目を見あわせた。

「唐《とう》の国では、今から二千年も三千年も前から、陶器造りに利用していたという話があります。この大和《やまと》の国では、神武天皇《じんむてんのう》が燃える石を焚いて御衣を乾かしたという話が残っています。今から千年以上も前の記録では、天智《てんち》天皇へこの燃える石と燃える水を献上した、とあります」

「へえ、燃える水ってのもあるんで?」

達吉が、いきなり素《す》っ頓狂《とんきょう》な声をあげた。

「ところで、半兵衛さんはなんでそんなにその石炭の話に詳しいのです」

大御所が、猪口を片手に身を乗り出した。

「ご藩主黒田様が、この焚石の歴史を側近に調べるよう命じられ、その内に私も入っていたのです」

「ほう、あなたが」

俊平が意外そうに半兵衛を見かえした。

「なに、黒田藩では、この焚石を財政再建の柱にしようとしています。とにかくこれは、燃料の大革命になるかもしれません。今や、藩を挙げての産業となりつつあります」

「それは知らなかった。これだけ美味い鯛が焼けるんだ。他にもいろいろ使い道はありそうですね」

すっかり半兵衛の話が面白くなって、俊平は半兵衛に酒をすすめながら話をつづけた。

「それはもう。陶器の焼き物づくり、高い温度の鑪《ろ》が欲しい鍛冶屋《かじや》など、少しずつ販路を広げておりますが、規模の大きなものでは、製塩の乾燥工程で焚石を使っていただいております」

「ほう、塩づくりにね。それは面白い。天日《てんぴ》乾燥よりずっと能率がいいんでしょうねえ」

俊平も、ふむふむとうなずく。

「いやァ、面白い話ですねえ」

達吉もすっかり話に乗っている。

「で、半兵衛殿はなんでその焚石を、この店に？」

湯呑みを置いて、惣右衛門が初めて半兵衛に訊ねた。

「なに、旨い魚が食いたい一心で。それに、馴染みとなったお浜さんにぜひ喜んでもらおうと思いましてね。私は、お浜さんを見ると故郷に残した妻を思い出します」

「いやですよ。半兵衛さん」

お浜は、クスクスと笑って、

「なるほど、それで焚石をね。だが、藩の誰かに見つかったら、まずいのではござらぬか」

惣右衛門が眉をひそめた。

「なに、私は藩の膳奉行《ぜんぶぎょう》ですから、多少の融通は」

「あなたは、黒田藩の膳奉行なんですか。でも、先ほどはご藩主の側近のようなことを言われたが」

「ご藩主に嫌われ、膳奉行に回されたのです」

「ほう」

俊平と団十郎が顔を見あわせた。

「膳奉行、まことに気疲れする仕事です」

「されば、ご藩主のお食事の用意も」

「はい。時には私もお毒味いたします。それなりに命懸けです」

俊平は話を聞いて驚いた。

黒田五十二万石ともなれば、藩主の毒味が、厳重に行われているらしい。

「それは、そうでしょう。死と隣り合わせで生きてらっしゃる」

大御所も真顔になった。

「なにか、ご事情がありそうだな。武辺のお方が、台所役とは」

俊平は同情して、この純朴一途《じゅんぼくいちず》の男を見かえした。

「じつは、藩内の抗争に巻き込まれたのです。しかし、そのようなつまらない話、柳生先生にお話ししたところで」

半兵衛もあまり語りたがらないので、

「じゃあ、いずれということで。さきほど、半兵衛殿は柳生新陰流を修めたと申されたが、まことでございますか」

惣右衛門が、半兵衛をうかがった。

「はい。私の剣は新陰流でございます」

「なるほど、風の便りに黒田藩にも柳生新陰流が受け継がれていると聞いていたが……」

俊平はあらためて西国の侍を見かえした。

「黒田藩はたしか、新当流《しんとうりゅう》、二天一流《にてんいちりゅう》でも名を馳《は》せておられますな」

黒田藩の武門の隆盛を、目を細めて聞いていた俊平が、半兵衛に訊ねた。

半兵衛によれば、黒田藩には柳生新陰流、新当流、二天一流の他、天真流《てんしんりゅう》柔術《じゅうじゅつ》や、夢想流《むそうりゅう》杖術《じょうじゅつ》などもあって、活況を呈《てい》しているという。

「しかし、お喜びくだされ。やはり隆盛をきわめておりますのは、新陰流でございます」

半兵衛は、誇らしげに言った。

「黒田藩には数多くの流派が存在しますが、柳生新陰流がその主たるものです」

と半兵衛が語りはじめたことは、俊平にも思いがけないことであった。黒田藩には脈々と、柳生新陰流の道統が引き継がれているらしい。

半兵衛によれば、黒田藩には柳生宗厳《むねよし》の高弟であった柳生新陰流の大野家信《おおのいえのぶ》の剣が古流として伝わっているという。

家信は、正式に宗厳から新陰流兵法第三代としてみとめられた男で、筑前《ちくぜん》柳生の祖となっている。

この達人大野家信は、剣聖上泉信綱《かみいずみのぶつな》の直弟子で、上泉信綱や疋田豊五郎《ひきたぶんごろう》と大和柳生家に滞在していた折、宗厳の篤《あつ》い信頼を得て柳生の里に残り、柳生宗家を支えたという。

「それは、初耳だ」

俊平は話を聞き、真顔になって飲みかけの猪口を酒膳にもどした。

「私は養嗣子ゆえ、藩祖宗矩《むねのり》殿やさらにそれ以前の柳生家のこととなると、うろ覚えでしてな」

俊平は、苦笑いして半兵衛に応えた。

「まこと、大野家信は大天才であったと申しますな」

そのあたりのことは、むしろ柳生新陰流の道統をしっかり学んだ惣右衛門のほうが詳しいらしい。

惣右衛門の語るところでは、家信は天下無双の薙刀《なぎなた》の名人穴沢浄見秀俊《あなさわじようけんひでとし》から新当流《しんとう》長太刀《りゆうながたち》を、新陰流四天王の一人疋田豊五郎景兼《かげとも》から上泉直伝の新陰流を習得するなど、若くして両流を修めためずらしい達人であったという。

「いやいや、よくご存じでございますな」

半兵衛が、驚いて惣右衛門を見かえした。

「この惣右衛門はな、当家では柳生新陰流にかけては生き字引という者もある」

「殿、ご冗談を」

惣右衛門が、すっかり照れて頭を掻いた。

さらに惣右衛門は重ねて己の知りうるかぎりの知識を披露《ひろう》した。

その大野家信は、後に柳生の地でさらに宗厳の信頼を得て、高弟のなかで唯一柳生の姓を名乗ることを許され、柳生松右衛門《しょうえもん》家信と名乗り、当流四代有地内蔵丞元勝《ありちくらのじょうもとかつ》を連れて、黒田藩に赴《おもむ》き、兵法指南役をつとめるようになったという。

「それは、よい話を聞いた。新陰流が諸国にそれほど流布《るふ》していたとは鼻が高い。ならば、半兵衛どの。当家の新陰流道場でひと汗流したければ、ぜひまいられよ」

「されば、喜んで」

仙波半兵衛は、嬉々としてうなずくと、

「今日は、なんともよき日となりました。先生ばかりか、二代目団十郎殿ともこうしてお近づきになれました。感無量といった心地です」

「それは、ようございましたね。ならば、また焚石のほう、よろしくお願いしますよ。半兵衛さん」

お浜にポンと肩をたたかれて、

「それは、なんともお約束しかねます。お二人にお会わせくださったのはお浜さんだ。

なんとかしてさしあげたいのだが……」

ちょっと困ったように、半兵衛はうなずいた。

大御所も俊平も、残念そうに顔を見あわせた。


「大御所、こちらでしたか」

と表のほうでいきなり暖簾《のれん》を分け、大きな声で店のなかをのぞく者がある。

中村屋の女形から一座の座付き作家見習いとなった玉十郎《たまじゅうろう》であった。

「どうした玉十郎。こっちだ、こっちだ」

大御所が手招きすると、

「表の人だかりで、もしやと思いやして」

と言って大御所に駆け寄ってきた。

「こりゃァ、柳生先生も――」

玉十郎はぺこりと頭を下げた。

「このところ見かけなかったが、どうしていたのだ」

俊平が声をかけると、

「いやァ、あの女傑《じょけつ》の台本を仕上げるために、このところずっと〈有明屋《ありあけや》〉に入りびたっているんで」

女形をつとめてきたが、あまりパッとせず、中村座の座付き作家宮崎翁《みやざきおう》について狂言作家の道を歩みはじめた玉十郎だが、大向こうを唸らすような芝居を書きたいと、女傑の物語を書くと意気込んでこのところずっと妙春院《みようしゆんいん》に密着して取材しているのであった。

妙春院は今は花火はそっちのけで、何やら妙な商売を始めようとしていると玉十郎は言う。

柳河藩の姫である妙春院は、嫁《とつ》ぎ先の夫とすでに死に別れ藩に出戻ってきたが、藩の窮乏《きゆうぼう》をじっと見ておられず、藩の特産物である柳河花火を工夫して多種多様に売り出す商売を始めた。

だが、大川の両国花火は鍵屋《かぎや》のみが幕府より認定されており、鍵屋の下請けに甘んじていたが、さらに別のよい商売を始めたらしい。

「それで玉十郎、妙春院どのはいったいなにを始めたのだ」

「それが、なんでも焚石なるものを売り出そうというんで」

「えっ！」

俊平が思わず声をあげ、半兵衛と顔を見あわせた。

「いったいどうしたことだ。花火商売はやめてしまうのか」

「いいえ、そうじゃねえんですが……」

いまひとつわからないと玉十郎は困った顔をした。

「どうこう言っても、花火は幕府の公認の鍵屋の下請けに甘んじていたんじゃ、利が薄いらしい。そんなわけで、もうひとつ商売になるものを探していたところ、立花貫長さまのところの筑後《ちくご》三池藩で焚石が採れるってんで、これを仕入れて江戸で売りさばけないかと考えたようなんで」

「それは初耳だ。立花貫長殿の三池藩で、焚石が採れるのか」

俊平が、猪口を置いて駆けつけに湯呑みで酒を流し込む玉十郎に問いかけた。

「なんでも、その焚石の鉱脈は、柳河藩にも広がっているそうですが、大きいのは三池藩のほうだそうで、家老の小野春信《おのはるのぶ》って人が藩から土地を拝領し、高取山《たかとりやま》という山で焚石の採掘を始めたそうです」

「おまえ、ずいぶん詳しいな」

「芝居を書くなら資料が大事と、なんでも書き留めてしっかり集めておけと、宮崎翁から口をすっぱくして言われておりやすので」

「で、貫長殿の三池藩の鉱脈は、それほど大きいのか」

「ただし三池藩で、本格的に採掘《さいくつ》に踏み切るのには、あと二年は欲しいそうで。妙春院さまは、まず柳河藩の焚石で反応を見て、それから三池藩の焚石を大々的に扱おうとなさっておられるようです」

「これは、凄いことになった。しかし、貫長殿からは、そのような話いっさい聞いておらぬが」

俊平は、怪訝そうに首を傾げた。

「他藩に先を越されたら大変と、ごくごく内輪の話になっているそうで」

「なんだ、水臭いの。されば、商売仇《がたき》がおるのか」

「いちばん手強《てごわ》いのは、黒田藩だそうで」

玉十郎が言った。

「おいおい」

俊平は、あらためて仙波半兵衛を見かえした。

話を聞いていた半兵衛が、困ったように顔を紅《あか》らめ、

「この話は聞かなかったことにいたします。それがし正直のところ、焚石にはさして興味がござりませぬ。これは、お役儀ゆえやっておるだけのこと」

「役儀のう」

俊平が、半兵衛を見かえした。

「好きなのは、むろん芝居と剣術、でござるよ。道場で稽古に汗を流してさえおれば、幸福という、いたって単純な男なのでござる」

半兵衛は猪口の酒をあおった。

「しかしながら、三池藩もこれよりは大変なことになる。じつのところ、焚石どころの話ではないのだ」

俊平はあらためて腕組みし、深刻な表情をした。

「先生。あの話でございますか」

玉十郎が、伏目がちに俊平をうかがった。

「あの話とは」

「例の殿中でござる、の」

「おい、玉十郎。おぬし、あの事件のことをどこで聞いた」

「ほかでもねえ、妙春院さまのところじゃもう大騒ぎで、なんとかして貫長さまをお救いできないものかと」

「はて、妙春院どのの耳にも入っていたのか」

「そりゃ、むろんでございますよ。筑後三池藩は天地がひっくり返ったような大騒ぎですから。柳河藩だって放っちゃおけません。幕府の御沙汰がどう出るか、もう戦々《せんせん》恐々《きょうきょう》だそうで、早馬が国表の柳河藩にも飛んだそうで」

「なるほど、それはそうだ。柳河藩に、手をさし延べる手立てはあるのか」

「さあ、こうなったらまな板の鯉。上様の胸の内ひとつでございましょう……」

玉十郎は玉十郎なりに考えたことを言った。

「策はないのだよ。まことにな」

俊平もそう応じざるをえない。


「まあ、みなさま、急にしゅんとなっちまって、大丈夫でございます？」

事情を知らないお浜が、深刻な雰囲気に気づき、怪訝そうに問いかけた。

「あの、つかぬことをお訊ねいたすが、三池藩ではなにか起こったのでございましょうか」

こんどは、半兵衛が、わけがわからぬていで俊平をうかがった。

「いや、なに、これは他藩のお方にお聞かせはできぬこと」

俊平が困ったようにそう言うと、

「これは異なこと、それがしの心は柳生新陰流一筋、柳生先生の憂《うれ》いが心配でござる」

「されば、少しだけ話してきかせよう。だが、これは秘中の秘ゆえ、他言はなさらぬようにな」

「むろんのことにござる」

半兵衛は、前のめりになって俊平に顔を近づけると、声を潜めてうなずいた。

「じつはな。私の友人で三池藩主の立花貫長殿が殿中で揉め事に巻き込まれてな……」

「なんと……！」

半兵衛が、茫然として言葉を失った。

半兵衛も、数十年前に世を騒がせた赤穂浪士討ち入り事件が、とっさに脳裏を過《よぎ》ったらしい。

「殿中の揉め事とはもしや……、相手はどちらでござる」

「そこまでは申せぬ」

「ぜひにもお聞かせくだされ。柳生様はどのようなかかわりを」

「それは困った」

玉十郎が半兵衛の耳に口を寄せ、

「一万石同盟でございますよ」
と言った。
俊平は舌打ちした。口の軽い男である。
「戯れに私は菊の間詰めの二名の大名、筑後三池藩の立花貫長殿、伊予小松藩《いよこまつ》一《ひとつ》
柳 頼邦《やなぎよりくに》殿と一万石同盟なるものを結んでいます。その立花貫長殿が、殿中で有馬氏
久殿から罵声を浴びせられ、脇差しを抜いてしまったのです」
「有馬氏久殿でございますか」
半兵衛は、氏久ならさもありなんといった顔をした。
「有馬氏久を、そなたは知っておられるのか」
「じつはそれがし、膳奉行を拝命する以前、殿の近 習《きんじゅう》として、藩主のお供で吉原《よしわら》の
引手茶屋《ひきてぢやや》などによくまいりました。藩主と有馬氏倫殿はご昵懇《じっこん》で、氏久殿をたびたび
お連れになられました」
「それは奇遇だな」
俊平は、声を潜めて惣右衛門と顔を見あわせた。
「そうそう、忘れておりましたが、柳生先生にご報告しておかなければ、と思ってい
たことがございます」

横から玉十郎が口をはさんだ。

「なんだ」

「ほかでもない、立花貫長様のことでございます」

「おお、そのことか」

「知っているかぎりのことを、柳生先生にもご報告しておくように妙春院様に言われております。妙春院さまのお話では、立花様はお屋敷で謹慎《きんしん》して幕府の御沙汰を待っておられるとのことです」

「かわいそうにの」

「なんでも、すでに死は覚悟なさっておられて、俊平さまにいまいちどお会いしたいと」

「私も、貫長殿には会って元気づけてやりたいと思っておるのだが、今は徒《いたずら》に幕府を刺激することになる」

俊平が残念そうにそう言って肩を落とした。

「貫長さまも、先生のお立場はわかっておられます」

「そうか」

「立花様はお覚悟ができたようで、心残りはいまいちど三池のご領地にもどり、これから開発する予定の炭鉱《たんこう》にかかる月を見たかったと」

「なんとも、哀れなことを申すものよ」

「ご本家の柳河藩のできることも限られているようでございまする。今は神妙にしていて、幕府の心証をよくしたほうがよいと」

「して、妙春院どのは——」

「どうやら貫長殿のご本家筋として、有馬家の内情を探るお役目を引き受けていらっしゃるようです。それで、あっしもお力をお貸しして、時々有馬藩邸をうかがいに行くんですがね」

「玉十郎、おぬし、そのようなことまでしているのか」

「なに、男一匹、玉十郎。妙春院さまのおためとあらば、一歩も後に退《ひ》きはしません。ただ、有馬邸で妙なお方に出会いました」

「妙なお人？」

「貸本屋なんですがね。奥のお女中方にお貸しする人でしょうが、大きな風呂敷包みを背負って。たしかに貸本屋ならごく自然に屋敷に入れるんだろうけど、どうも、あれはただの貸本屋じゃない。密偵と見ました。目くばりが只者《ただもの》じゃない。どこが放った密偵なのでしょうかねえ」

「それは、どんな男だった？」

「小柄で、そう、いたちのような顔の男で」

「それなら遠耳《とおみみ》の玄蔵《げんぞう》だ。幕府のお庭番で、私の下で動いている」

「えっ、幕府の。なあんだ」

俊平はくっくっと笑って、惣右衛門と顔を見あわせた。

「なに、心配はいらぬ。おぬしが動いてくれていることを伝えておこう」

「今思えば、有馬氏倫さまは、神君家康公の玄孫にあたられる氏久様をご養子に迎え、有馬家を磐石《ばんじゃく》なものにせんとなされたのであろうが、しかし、とんでもない男をお迎えになられたようだ」

俊平があきれたようにそう言うと、

「立花様も、とんだご災難で」

団十郎も貫長の身を思い、重い吐息を漏らした。

三

「俊平と、ちと話がしたい」

将軍吉宗は、吹上御庭《ふきあげおにわ》はお滝に近い御稽古場で半刻ほど激しい稽古でひと汗流した後、近習にそう言って先に帰らせると、吹上の滝に近い四阿《あずまや》へ俊平を誘った。

手取り足取りの指南だけに、将軍と剣術指南役はことのほか親密となる。そのうえ俊平は徳川一門の出だけに、ことのほか吉宗は親しみをおぼえているのだが、とはいえ吉宗から俊平を四阿に誘うのはあまりない。

旧八月下旬、吹上の広大な庭を仲秋も過ぎた冷風が吹き抜ける。

吉宗は稽古後の汗が一気に引く思いであった。

「そちとは、遠慮のない話ができる。やはりそなたもわしも、徳川の血が流れているとの証《あかし》であろうな」

「そう言っていただければ、柳生俊平、光栄の至り」

俊平は、型どおりにそう言いながら、吉宗の面《おもて》を探った。

たしかに俊平も、柳生家に養子入りする前は、越後高田藩《えちごたかだはん》十一万石の久松松平家《ひさまつまつだいらけ》の十一男であり、徳川家との血のつながりはある。

だが、吉宗が親しげにそう語りかける時は、なにか魂胆《こんたん》があることが多い。

「じつはな、俊平。余は困っておるのだ」

「と、申されますと……」

「三日ほど前、菊の間にて筑後三池藩主立花貫長が、なんと刃傷におよんだ」

「承知しております」

俊平は神妙な表情で吉宗の次の言葉を待った。

むろん吉宗は、俊平と貫長の仲を承知している。

「そちの一万石同盟とやらの友だそうだが、止められなかったのか」

「正直に申しあげまする。それがしが菊の間にまいりました時には、すでに貫長殿は脇差しを抜いた後でございました。赤穂藩の森政房殿が、貫長をはがいじめにして、止めておられるところでございました」

「皮肉なものよな。赤穂藩の森政房がの」

「まことに……」

「まず申しておかねばならぬことは、政《まつりごと》に情を差しはさむことはならぬということだ。本来武士同士の争いは〈喧嘩両成敗〉が原則。だが、赤穂藩浅野内匠頭の例を出すまでもなく、一方的に刃傷に及んだ場合はさにあらず、浅野内匠頭同様、立花貫長は、殿中にて一方的に刀を抜いた。これは、なんともしがたい」

「さりながら、あの日の事件を詳しく調べてみまするると、相手方の有馬氏久殿が初め、公方喜連川茂氏様を口汚く罵倒し、それを止めに入った立花殿を、今度はあらんかぎりの言葉で侮辱したとのことにございます。この話、喜連川殿にお訊ねいただければわかりましょう」

「うむ。そのあたりのことはすでに調べがついておる。直接茂氏からも話は聞いた。有馬氏久は、死んだ有馬氏倫の家に養子に入った男だ。氏倫は生前、余のためによくつくしてくれた。だが、それをよいことに父の威光をかさに着てやりたい放題、そのうえ、あの氏久の父渡辺恭綱《わたなべゆきつな》は伊予西条《いよさいじょう》松平家松平頼純《よりずみ》の長男にして、神君家康公の曾《ひ》孫に当たる。死んだ氏倫も、今になって思えばその威勢を利用せんと氏久を養子にしたのであろう。そもそも余が氏倫に甘く、権力を与えすぎたのがまちがいだったのかもしれぬ」

「そのようなことは、ござりますまいが……」

　俊平はそう言って顔を伏せた。

「なに、本心を申せばよい。そなたとて、氏倫によって正室と別れさせられた」

吉宗は、哀れむような眼差しで俊平を見かえした。

「それにしても、氏久は手を焼かせる」

「はい」

　俊平は吉宗の言葉にうなずいてみせた。

「じゃがの、俊平。政はまことに難しい。一方に味方すれば、一方に不満が残る。つねに公平に見えるよう治めねばならぬ。それを避けるためには、法に則《のっと》るしかない。立花貫長は脇差しを抜き払った。それを、菊の間におった者がみな見ておる」

「しかしながら……」

「うむ。そちの気持ちも、喜連川茂氏の気持ちも、じゅうじゅうわかる。だが、結果は立花が一方的に脇差しを抜き放った。それは厳然たる事実である」

「はい」

「だから、困っておるのじゃ……」

吉宗は困惑の態《てい》でじっと俊平のようすをうかがっている。

「と申されますと、ご処分は、いまだ決しておらぬということでございますか」

「老中どもと評議したが、いま意見は分かれておる。老中筆頭松平乗邑《のりさと》などは、旧赤穂の浅野内匠頭の例に倣《なら》えと申しておる……」

俊平は、異論を挟むこともできず、口ごもった。

「そこでじゃ、俊平」

「はい」

「これとはちと別の話じゃが……」

「はっ？」

吉宗は俊平の反応を慎重に見ながら、次の言葉を口にした。

「余は、悩みを抱えておってな。相談に乗ってほしい。これは、そちだから話せることなのだ」

「はて、上様の命《めい》とあらばなんなりとお伺いいたしますが、それがしのできることなど、限られたものでございましょう」

俊平は、伏目がちに吉宗をうかがい見た。

「そちは、天一坊《てんいちぼう》事件を憶えておろう」

「はい、忘れもいたしませぬ。あの事件からは、まだ十年と経っておりますまい」

「うむ、あれは享保《きょうほう》十三年（一七二八）の出来事であった」

この年の夏、浪人本多儀左衛門《ほんだぎざえもん》が関東郡代《かんとうぐんだい》屋敷を訪ね、南品川宿《みなみしながわしゆく》の山伏常楽院《やまぶしじょうらくいん》のもとに将軍の血筋で源氏坊《げんじぼう》天一なる人物がおいでで、近々大名にお取り立てになると言って、浪人を大勢召しかかえ、役職さえ与えているが真《まこと》かとの問い合わせがあった。関東郡代が土地の名主などを呼び出し訊《たず》ねたところ、浪人を集めているのは、改《かい》行《ぎょう》なる山伏で、吉宗の落胤《らくいん》と称しているという。話を聞いた吉宗は、覚えがあると言ったが慎重に取り調べたところ、改行の申したてはすべて真っ赤な偽りとわかった。

「今思えば、紀州藩主時代は、余は若さに任せて羽を伸ばしすぎた。方々に、その……、手をつけた女がおった」

「上様は、精力家にござりまするゆえ。古来、英雄色を好むなどと」

「そう言ってくれるのは、そちだけだ」

吉宗は苦笑いをして、目を細め、遠くを見やっていた。

「それでな。天一坊は偽者《にせもの》であったが、姫が一人おったことはまことだ。伏見宮家《ふしみのみやけ》から迎えた正室の手前、その子を実の子と認めることが憚《はばか》られての、有馬氏倫に預けたと思うてくれ」

「なるほど」

俊平は、下を向いてクスクスと笑った。

八代将軍も宮家からもらった正室には頭が上がらなかったらしい。

「そこでその姫を氏倫の子として育てさせ、折を見てどこぞの大名家に嫁がそうと思っていた。名は鶴姫《つるひめ》。だが、その鶴姫が家出してしもうての。しばらくの間は、音信不通。どこにおるかもわからぬ状態がつづいていた。だが、こたび大坂城代《おおさかじょうだい》から鶴姫を名乗る者が現れたとの報らせがあった」

「家出をされたと……」

「身から出た錆《さび》じゃ。このような冷たい父親ゆえ、人の情を受けつけぬ子となったのやもしれぬ。まこと、姫には不憫《ふびん》な思いをさせた」

吉宗は忸怩《じくじ》たる思いを嚙みしめて黙り込んだ。

「して、上様はそれがしにはどういたせと」

俊平は、険しい表情で吉宗に問いかけた。

「その娘がまことの姫であるか確認した上で、江戸入りさせてほしい。おそらく紆余《うよ》曲折《きよくせつ》はあろう。また、その養父がどのような者なのかも探りを入れてほしい」

「主命とあらば、力を尽くしまする」

俊平は、そう吉宗に返したが、将軍の下心《したごころ》を見た思いであった。

おそらくその姫を無事江戸に迎えることができれば、貫長を許すと言いたいのだろう。

「爺（氏倫）は、いつまで経ってもわしを子供扱いしておった。それゆえ、政《まつりごと》の策をあれこれ残したが、姫のことについては、すまぬの一辺倒《いつぺんとう》であった。その後、氏倫は姫の行方を追って、八方手をさしのべ探したが、それによると、どうやら旅の修験《しゆげん》者《しや》に拾われ、堺の商人のもとに預けられたという。そして、こたびその話が大坂城代に届いた」

「氏久殿は、そのことを知っておられるのですか」

「問い質《ただ》したのだが、父からなにも聞いておらぬと申す。おそらく、有馬家の監督不行《かんとくふゆ》き届《とど》きを叱責《しっせき》されるのではと、逃げを打っておるのであろう。姑息《こそく》な男よ」

「あいわかりました。それがしが至急行方不明となった姫かどうかを確認し、見つかりしだい江戸に連れもどすことにいたしまする。それで、立花貫長殿の一件、お考え直しいただく余地は生まれましょうか」

　俊平は語気を強めて問うた。

「さすがに柳生俊平。ものわかりがよい。だが、問題はまだ残る」

「と、申されると」

　吉宗が、ふたたび俊平の顔をのぞき込んだ。

「その立花貫長のこと、氏倫の養子の氏久ともつながっておるのじゃ」

「と、申されると――」

「庭の者に探らせたところ、有馬氏久は黒田継高《つぐたか》とは格別の仲らしい」

「はい」

　俊平は隠すことなくうなずいた。

「なんだ、俊平。そのことはすでに承知か」

「柳生新陰流の門弟より、耳に入りましてござる。黒田藩の焚石と、こたび開発を始めた三池藩の焚石が、販路でぶつかり合い、激しい火花を散らしております」

「なかなか、隅におけぬ影目付《かげめつけ》よ」

「黒田殿は、氏久殿を乾分のようにされておるよし。さらに、焚石の商売仇に嫌がらせをしている疑いがございます」

「聞いておるか、俊平。こたびのこと、氏久の裏の動機がわかれば、審議の内容も変わってこよう。だが、それを問題にすれば、あ奴が窮地に陥る。徳川一門の者として、氏久を救ってやりたいが」

「されば、焚石のこと、上様もご存じでござりましたか」

俊平が意外そうに問い質した。

「うむ。黒田藩といえば焚石。近頃はわしのところにも冬が近づくと献上して来るときく。そのようなことを知らずに、姫救出だけのためにおぬしと取引をしようとしたなどとは思わぬがよい。氏久や黒田には、いちど灸《きゅう》を据えねばと考えておるが、あの者らの藩を潰すわけにはいかぬ」

「古来魚心《うおごころ》あれば、なんとやらと申しまする。わが一万石同盟の義兄弟立花貫長を救うため、それがしも懸命にお役に立つべく奮闘いたしまする。上様も、どうぞ、お約束をお忘れなさりませぬように」

「わかっておるわ」

吉宗は、ようやく明るい表情となって立ち上がった。

「寿《いのちなが》ければ辱《はじ》多し。あれは、『荘子《そうし》』であったか」

「まことに。それがしも、この頃身にしみて恥の多き人生を生きておると感じております」

「そちも、外に女をつくったか」

「とんでもございません。上様が羨《うらや》ましうございます」

「そちは、別れた正室が忘れられぬようだ。ならば、正室抜きで側室をもらうのもよいぞ。わしは正室の真宮理子《さなのみやまさこ》亡きあとはずっとそうしておる」

「はは、考えておきまする」

苦笑いして、吉宗と外に出れば、まだ仲秋の空は高い。

――それにしても、大変な仕事となろう。

俊平は先をゆく吉宗の大きな背を見つめてそう思うのであった。

姫の江戸入府が、貫長を壊滅させる障害になる。もし、それを知れば、黒田、有馬の一派は、姫と吉宗との対面を邪魔してこよう。

闘いはまだまだ長い。

第二章　将軍の娘

一

大樫段兵衛《おおがしだんべえ》は西国へ武者修行に旅立ち、俊平と義兄弟の契《ちぎ》りを結ぶ一柳頼邦は、妹の伊茶姫《いさひめ》とともに参勤交代で領地伊予小松にもどってしまい、道場はこのところ心なしか蟇肌竹刀《ひきはだしない》の響きさえ弱々しい。

俊平は、吉宗に託された難題をかかえたまま、

——今日は妙に体が重いの。

と、つい稽古に気乗りがしなかったところに、

「殿、お庭に玄蔵殿とさなえどのがまいっております」

遅い昼餉を済ませ、稽古じたくを始めた俊平に、小姓頭《こしょうがしら》の森脇慎吾《もりわきしんご》が声をかけた。

「おおっ、そうか」

と、俊平は顔をほころばせた。

どうやら、将軍吉宗がさっそく鶴姫の江戸入りを始める手助けを命じたものであろう。

影目付は拝命したものの、俊平の周りにはいまだ密偵らしき者は育っておらず、この二人が手を貸してくれるのはありがたい。

二人を部屋に招き入れると、玄蔵がふとその陽に焼けたいたちのような顔を傾げ、

「今日は、伊茶さまはいらっしゃらないので」

と遠慮がちに尋ねた。

いつもは、玄蔵のために茶や菓子を用意してくれる伊茶の姿が見えないことは、この腕利きのお庭番にとっても寂しいようである。

「うむ。参勤交代で国元にもどられての」

そう言う俊平を見て、さなえが玄蔵の袖を引いた。

「あ、これは。とんだことをお訊きしてしまい……」

玄蔵は、困ったように苦笑いして頭を掻いた。

「おぬしらが訪ねてきたのは、もう一人の別の姫の話であろう。伊勢西条におられた

上様の姫の行方がわからぬそうだな」

　慎吾に茶を勧めさせ、俊平は型どおり丁寧に挨拶をしようとする玄蔵を抑えて、問いかけた。

「へい、お察しのとおりで。じつは上様が、御前に姫探しをお願いしたゆえ、内々にお手助けをせよと」

「そうなのだ。じつは上様から妙な交換条件をいただいての。その姫を、みごと江戸まで連れもどした暁には……」

「へい、聞いております。立花様の殿中でその……」

「なんだ、その話もおぬしの耳に達しておったか」

　俊平は、身を乗り出して玄蔵に言った。

「御前、私の名は遠耳の玄蔵と申します」

　玄蔵が、上目づかいにちょっと得意気に見つめた。

「そのことで、今日は土産話を持ってまいりました」

「まことか」

「有馬氏久は、やはり黒田侯とつるんでおります。昨日のことでございます。有馬様の背景を探ろうとお屋敷を見張っておりますと、お駕籠を仕立てて深川のさる料理茶屋に」

「そち、いつもながらぬかりはないな。それで、どうした」

俊平は、面白そうに膝を乗り出した。

「その茶屋の番頭に鼻薬を効かせて、隣の部屋で話を盗み聞きしてまいりました」

「うむ。ぜひ聞きたい。そも、黒田侯と有馬氏久はどのような関係なのだ」

「どうやら黒田様と有馬家は先代の氏倫様からのつながりで、黒田様は密かに幕府の情報を氏倫様から買っていたようで、次の代の氏久様にはなんのお力もありませんが、乾分格になっているようで、その折にも金銭のやりとりがございました」

「そういうところであろう。それで話の内容は」

「上様と御前の交わした約束が、すでにあの連中の耳に入っているようで」

「ほう、どこから話が漏れたか」

「おそらく、黒田様子飼いの茶坊主あたりからでございましょう」

「油断のならぬ奴らだ」

「どうやらその夜の会合はその対抗策のようで」

「よい話を、持ってきてくれた。これで有馬と黒田のつながりがはっきりした。さて、次はその姫の話だ。そちはどこまで話を聞いている」

「上様のお話では、鶴姫さまは伊勢西条藩の江戸上屋敷に十歳までおられたそうでございますが、伊勢の領地に籠もられ、そこで十三のお歳までお過ごしになられたそうにございますな」

「うむ、聞いておる」

「ところが、ふとある日、行方不明となられて、七年ぶりにいきなり堺に姿を現されたそうで」

「たしかに、そう聞いた」

「じつは、遠国《おんごく》御用の仲間のお庭番がお調べしましたところ、なんでも旅の修験者が道中西に向かう姫をお助けし、堺まで同行、その地でその者らが昵懇《じっこん》とする高須神社《たかすじんじゃ》縁《ゆかり》の芝辻祥右衛門《しばつじしょうえもん》というお方に姫を託されたそうです」

「まこと、奇特なお方がおられたものだ。どこの誰とも知らぬ娘を、堺まで連れて行き、その行く末まで心配してやるとは。なかなかできぬことだ。仁徳の高い方々に出会い、姫は運に恵まれておられるな」

「その神社、ちょっと変わっておりましてね。じつは芝辻家のご先祖が戦のない世となり、これまで儲《もう》けた金で創建したそうで」

「そういえば、堺の芝辻家は、大坂の陣において東軍の注文を受け、途方もない大砲を造って、勝利に貢献したと聞く」

「そのようで。太平の世となり、東西の戦で大きな貢献をされた芝辻家も、今では刀鍛冶として細々と商いをつづけているそうで」

「鶴姫は、徳川家とも深い縁《えにし》を持つ芝辻家に拾われたか。芝辻家の方々は、姫をいつから将軍の姫と気づいていたのであろう」

「そのことでございます」

さなえが、玄蔵から話を引き継ぎ、膝を乗り出した。

「芝辻家では、姫が徳川家縁《ゆかり》のお方であることまでは気づいておられなかったと存じます。が、やはり姫の話を哀れんで聞いているあいだに……」

「いずれにしても、なぜ、今この時になって名乗り出たのか」

「おそらく、先に天一坊事件があり、もし偽りの証言であった場合、罪に問われることを恐れ、名乗り出ることを躊躇《ちゆうちよ》していたのではないかと大坂城代は見ております」

玄蔵が、憶測《おくそく》のまま俊平に告げた。

「なるほど、それなら道理は通っておる。嘘偽りを申し立てたとなれば、天一坊のように獄門台《ごくもんだい》にも乗ることにもなりかねぬ。迂闊《うかつ》には申し出られまい。さぞや怯《おび》えられたのであろうな。それに父娘の情が生まれてなかなか申し出られなかったのやもしれぬ」

「まことに――」

玄蔵も、眉を寄せて、姫の養父芝辻祥右衛門の立場に想いを寄せた。

「あらかたの話はわかった。さて、これからどうするかだ」

「はい」

「天一坊事件のこともある。嘘偽りはないか、まずは慎重に芝辻家の申し出に耳を傾けることだ。それと、いちばん大事なことは、鶴姫のお気持ちであろう。江戸にもどる気がまことにおありなのか」

「こんなことを申し上げてはなんでございますが、その姫さまは、あるいはお父上である吉宗さまを、お怨《うら》みしておられるかもしれません」

さなえが言った。

「うむ。大坂城代が動きだしておる、姫もすでに自分が上様の子であることを知っておられるであろう」

「そのあたりのこと、直接その方々に当たってみねばわかりませぬ。芝辻家は堺きっての鉄砲鍛冶でございましたが、戦のない時代、商いは相当苦しいとの噂。なにせ今や鉄砲の製造は、ごく限られたものでしょうから無理もございません。幕府の支援をあてにしておらぬともかぎりませぬ」

玄蔵が言う。

「姫との接触も、慎重にせねばならぬな。また鶴姫に逃げられては、探し出すのはとても難しくなる」

「私も、それを心配しております」

「申してみよ、さなえ。ここだけの話として、いろいろなことを考えておかねばならぬ」

「では、申しあげます。姫は伊勢の領地を飛び出し、商家に拾われたのでございます。武家にもどるのは、こりごりと考えておられるのでは、と案じられます」

「なるほど、それは道理だ。されば、姫のお心をまず探ることが先決だな。さなえ、これより堺に飛び、お逃げにならぬよう見張ってもらえぬか。できれば、姫の周辺につかず離れずおり、そのお心の内を探ってはもらえまいか」

「心得ましてございます」

「殿――」

壁際に控え、しずかに話を聞いていた惣右衛門が、遠慮がちに口をはさんだ。

「さなえどの一人で鶴姫さまのお心の内を探ることはいささか難儀。ここは、伊茶どのにお助けいただけぬものでございましょうか」

　惣右衛門の思いがけない発案に、

「だが伊茶どのは、もう国表に戻ってしまわれているのではないか」

　俊平は一柳家の一行が、国表への帰路についてからの日々を指折り数えてみた。

「ご出発からまだ半月余りしか経っておりませぬ。そう遠くには行かれていらっしゃらないのでは」

　惣右衛門が、俊平を強く促した。

「うむ。それに、たしか大坂の蔵屋敷で一休みなさると聞いたぞ。今から、さなえの足で追いかければ、なんとか追いつこう。貫長殿のために動いてほしいと申さば、姫のこと、嫌とは申されまい」

　惣右衛門も大きくうなずいた。

「さなえ、よいか」

「もちろんでございます。伊茶さまにお手を貸していただければ、百人力と存じます」

「されば、ついでに段兵衛にも手を貸してもらうか」

　機嫌をよくした俊平が、膝を乗り出し惣右衛門に言いかけた。

「はて、段兵衛殿に……?」

「鶴姫さまを江戸にお連れするまでには、どのような邪魔が入るやもしれぬ。腕の立つ段兵衛には、ぜひ姫の警護を頼みたいものだ。玄蔵、そなた動いてはくれぬか」

「おまかせくださりませ」

玄蔵が、大きくうなずいた。

「あ奴は今頃、大和の柳生道場におるはずだ。立ち去っておらねばよいが——」

俊平は、はるか西国への旅路を辿《たど》る剣友を想った。

「大丈夫でございましょう。段兵衛殿はことのほか大和柳生の地が性《しょう》に合うと申されておられました。彼《か》の地から、重い腰をあげておられますまい」

惣右衛門が、段兵衛の人柄を思いかえしつつ言った。

「されば、これより二人に書状をしたためよう。玄蔵、さなえ。すまぬが、それぞれその書状を持って畿内に飛んでくれぬか」

「承知いたしました。こたびも御前のお役に立ち、嬉しうございます」

「いよいよ御前が動きだしたことをお知りになられれば、上様もひと安堵なされましょう」

玄蔵が、そう言って俊平に平伏した。

さなえも、大任に向かって頬を紅潮させている。

「ところで玄蔵とさなえは、昼餉はもうすませたのか」

「いえ、まだでございますが……」

玄蔵が、遠慮がちに応じた。

「じつはな。黒田藩の仙波半兵衛と申す同門のお方と知りおうてな。焚石を少々届けてきてくれた。それで焼いた鯖《さば》がとにかく美味いのだ。さなえは好きか」

「むろんでございます」

さなえが小声で言った。

「玄蔵は」

「もちろんでございますが、そのような貴重なもので焼いた魚を、いただいてよろしいので」

「なにを言うておる。これから畿内への慌ただしい旅に出る二人だ。元気をつけてもらわねばならぬ、それに、黒田藩の焚石のことも、頭に入れておいてもらいたいからの」

「そのあたりのからみ、上様から聞いております」

「それはよい。惣右衛門」

俊平が惣右衛門に振り向くと、

「大丈夫、まだまだ焚石は残っております。脂《あぶら》の乗った秋鯖がふんだんにございます。ぜひ、食べていってもらいまするぞ」

惣右衛門は、にこりと笑って立ち上がり、急ぎ足で膳所に向かった。

二

「俊平さま、玉十郎さんがいらしておりますよ」

お局館《つぼねやかた》の格子戸を開けてなかをのぞくと、俊平の姿を見つけて三味線《しゃみせん》の師匠吉野《よしの》が嬉しそうに廊下に飛び出してきて声をかけた。

——ぜひ、ご側室に、

と冗談半分に声をかけてくるが、どこまで本気かわからない。だが、その明るさが俊平とはかなり気が合い、昵懇となっている。

八代将軍となって江戸城に入った将軍吉宗は、さっそく質素倹約《しっそけんやく》の大号令を発し、大奥から美女だけ数十人を追放したが、この館の女たちはその追放された美女の部類で、実家にもどらず、みなで力をあわせ、習いおぼえた芸事で身を立てはじめたのであった。

今では、順次若い元お局も加わって、けっこうな大所帯となっている。

女たちとは、みな歌舞伎好きで趣味が合うこともあって、知り合ってからはや数年が経ち、今やすっかり気のおけない間柄になっている。

玉十郎は、市川団十郎一座で駆け出しの女形の頃に、このお局屋敷で三味の稽古についていたが、狂言作家の卵となった今も、まだ習い事をつづけているとは、意外であった。

「あ奴、まだ三味線をつづけているのか」

俊平は、奥の間へ誘う吉野の背に声をかけた。

「いいえ、とっくに。でも、俊平さまにご報告があると、玉十郎さん、久しぶりにやってきたんでございますよ」

「あっ」

怪訝に思いつつ奥の間に入ると、玉十郎の他にもう一人、意外な女客があった。

俊平と離縁した、というより、その仲を幕命で引き裂かれ、他家に嫁がされたかつての俊平の正室阿久里である。

夫の松平定式《さだたけ》はいまだ部屋住みで、藩内での立場もあいかわらず弱そうだが、阿久里は阿久里で、日々しっかり愉しんでいるようである。

伊茶に誘われて、吉野を師匠として三味線の稽古を始めているのは聞いていたが、しばらく会うこともなく、久しぶりに見る阿久里は、近頃は生活もだいぶ落ち着いて、いくぶん脂が乗ってふっくらした女らしい風情《ふぜい》が増している。

「定式殿は、ご健在か」

俊平が、玉十郎と並んで座す阿久里に声をかけた。

「はい。俊平さまは」

わずかに前屈みになって語りかける阿久里には、嫁いできた頃のどこか頼りなげな初々《ういうい》しさはすでに消えている。

「私は、いつもどおりだよ」

阿久里の落ち着きに合わせるように俊平が応じた。

「伊茶さまは、参勤交代で国表に戻られたそうでございますね」

「帰ってしまわれたよ」

さりげなく応えたが、その返事がどこか虚《うつ》ろに聞こえたのか、阿久里はもういちど俊平を見かえした。

「俊平さま、伊茶姫さまがおかわいそう」

「なぜ、そなたがそのように申すのだ」

「わたくしは、すでに他家の嫁でございます。伊茶さまを、何故継室《けいしつ》にお迎えにならないのでございます？」

「さようでございますよ」

二人をそれぞれ見かえして、吉野が話に割って入った。

「伊茶さまは、お身分もお人柄も申し分なく、女ながらに剣の達人。柳生様のご継室にはふさわしいお方と存じます。その点、あたしなど……」

「どうした、吉野」

俊平は苦笑いして、三味を抱えたままうつむいている吉野を見かえして問いかえした。

「あたくしは、ご側室でけっこうなのですが、俊平さまにはまるで振り向いてはいただけません」

「まあ、吉野さん」

阿久里が、クスクスと笑った。

阿久里は、冗談と取ったらしい。

「その話はもういい。玉十郎は今日はなんの話だ」

俊平は、さっきまで隣で遠慮がちに女たちの話を聞いていたはずの玉十郎に話を向けた。

「はい、じつは」

玉十郎は、俊平に膝を向け乗り出した。

「じつは、あっしはこのところ妙春院さまのところに入り浸っておりましてね」

「その話は前に聞いた」

「その件で、いろいろ商売仇のことを聞いてきやした」

「有馬、黒田のことだな」

「へい、さようで。有馬という大名は、とんでもない野郎で」

「わかっておるわ。それより〈有明屋〉の焚石の商売はどうなっているのだ。妙春院どのは、商売上手《じょうず》なお方だから。上手にさばけば、江戸は広い。大きな商売になるだろう」

「いいえ、その出荷元の筑後三池藩が、大混乱でございますよ。場合によっては、あてにしていた焚石が全く入ってこないことになるかもしれないそうで。もちろん、柳河藩の領地からも採れるには採れるそうですが、期待しているのは三池藩領内の物で、とにかく鉱脈はずっと大きいんだそうです」

「話は聞いている。なら、どんどん掘っていけばよいだろう」

「それが、輸送の関係で値が張るのが玉に瑕《きず》なんだそうで。それで大量にはさばけないそうですが、塩田や鍛冶屋には使ってもらえそうだと、妙春院さまは期待しておられます」

「塩は海水を熱で飛ばさねばできぬからな。それに、鍛冶屋は熱せねば鉄は赤くならぬ。温度は高いほうがいい。ならば、赤穂藩の塩田などちょうどよいの。次に赤穂藩の森殿にお会いしたら、頼んでみてやろう」

「それはよろしうございます。きっと妙春院さまもお喜びになられます」

玉十郎が嬉しそうに言った。

「妙春院どのに伝えてくれ。柳生俊平は、どんなことがあろうと義兄弟の契りを結んだ貫長殿を見捨てはせぬとな。謹慎中の貫長殿にけっして希望を捨てるなと、伝えてほしい」

「へい。先生、なにか秘策でも……?」

玉十郎が、俊平の横顔をのぞき込んだ。

「秘策というもの、心に秘しておくから秘策なのだ。軽々に口にしたら、かえって望みが断たれる。よってまだ言えぬ」

俊平はしゃあしゃあと言って口の軽い玉十郎を受け流し、また阿久里に目を向けると、頼もしそうに俊平を見ている。

「こうして俊平さまを見ておりますと、わが夫が情けなくなります」

阿久里が、うっすらと涙さえ浮かべた。

阿久里の夫松平定弐は海賊大名こと豊後森藩主久留島光通《ぶんごもりはんしゅくるしまてるみち》の乾分同然で、いつも振りまわされており、藩内の派閥抗争でもその気弱さから弾き飛ばされている。

「ならば、阿久里さま、もういちど俊平さまのもとにお戻りなされればよろしいのに」

若い雪乃《ゆきの》が、真顔になって阿久里の腕を取った。

「これ、雪乃。冗談でも、そのようなこと言うてはならぬ。阿久里は今、久松松平家の定弐殿のご正室となっておるのだ」

俊平が、怖い顔をして雪乃をたしなめた。

「はい。夫との間をまた引きさかれては、悲しみが二重になります」

「阿久里は、よい妻となっておるな。私としてはちと寂しいが……」

俊平が、声を落として阿久里を見かえした。

「されば、俊平さま。ご側室をお迎えなされませ。あたくしでも、伊茶さまでも」

吉野が、また冗談とも本気ともとれることを言ってのけた。

「これ、吉野。そなたは、いつも妙なことばかり言う。そなたの側室はありえても、伊茶さまの側室などありえようもない。伊茶さまは、伊予小松藩一柳家のれっきとした姫君だ。側室など、そもご無礼ではないか」

歳嵩《としかさ》の常磐《ときわ》が、真顔になって窘《たしな》めた。

「まあ、そうでした……」

吉野が、あっと口を押さえてうつむいた。

「世の中、うまいぐあいにはいかぬものですね」

お花のお師匠三浦《みうら》がそう言ったところに、襖が開いてお局《つぼね》がずらりと酒膳を運んできた。

「久々に、柳生様も阿久里さまもお越しになりました。急ごしらえではございますが簡単な手料理をご用意いたしました。どうか召しあがってお帰りくださいませ」

綾乃《あやの》が丁重な口ぶりで俊平と阿久里に告げた。

俊平は、お局方のもてなしを喜んだ。

「だが、このようにしてもらっても、私はそなたたちに何もしてやれぬのだが」

「いいえ、これは私どもの愉しみのひとつ。俊平さまにご馳走《ちそう》してさしあげるだけで、満足でございます」

綾乃が微笑《ほほえ》みながら言う。

「さあ、玉十郎さんも、よろしかったら」

と、吉野が誘いかけた。

「あっしが、柳生さま阿久里さまと同じ膳をいただいてよいので」

玉十郎が三つ並んだ同じ膳に、目を丸くした。

「うちは、お稽古事を習いにいらしてくださった方は、みな立派なお弟子でございます。差をつけることはいたしません」

綾乃がきっぱりした口調で言う。

「その代わり、玉十郎。おまえにはこれからも貫長のためにはたらいてもらう。よいな、その覚悟でいただくのだ。ことに大坂で有馬と黒田との繋がりが噂されている。黒田藩が三池藩つぶしに何を企んでいるか知りたい」

「黒田藩ねえ」

玉十郎は、いまひとつよくわからないのか、黒田藩の名を鸚鵡返《おうむがえ》しに言った。

「これは、まだまだ使えぬな。頭の端に入れておけばよい」

俊平は、あきらめたように言った。

「されば、有馬氏久が動いたら、その駕籠を尾《つ》けてくれ。吉原の引手茶屋あたりに入ったなら、番頭に訊ねてくれ。敵娼《あいかた》はどなたかとな」

「へい。合点承知いたしやした」

玉十郎は、調子にのって俊平の差し出した徳利の酒を大振りの盃で受けると、旨そうに飲み干した。

「まあ、玉十郎さん。すっかり男っぷりが上がったよう」

吉野が冷やかせば、

「だから、おれは前から女形は向いてねえと思っていたんだ」

そう言って、玉十郎は団十郎を真似て見得《みえ》を切ると、その惚《とぼ》けた姿に阿久里がクスクスと笑いだした。

三

「ほう。さすがに忍びの足だ、早いものだの。玄蔵とさなえは、すでに段兵衛殿、伊茶殿に追いついたという」

飛脚が届けてきたさなえからの書状に、急ぎ眼を走らせた俊平は、すっかり感心して惣右衛門に語りかけた。

お庭番の遠耳の玄蔵とさなえが、急ぎ畿内に向かってまだ十日と経っていないというのに、早飛脚で玄蔵からの書状を藩邸に届けた。

「それがしが使いに立っておりますれば、早駕籠を使いましても、この倍の日数がかかっておりましたでしょう」

惣右衛門も、その動きの早さに目を丸くしている。

「あの二人は優れた幕府の密偵だ。これは、幸先よい。柳生も〈先《せん》の先《せん》〉で動く時はある。とにかく、噂では貫長の評定はあと半月もせぬうちに始まると聞く。上様も評定所の動きは止められぬようだ」

「して、さなえは書状でなんと言ってまいっておりまするか」

書状をのぞき込む惣右衛門に、俊平は面倒になってそのまま手渡した。

「さなえは、大坂は土佐堀《とさぼり》に近い小松藩大坂蔵屋敷に滞在中の伊茶姫と接触し、このたびの異変をお報せした。姫も、一柳頼邦殿も、いたく貫長殿のことでご心痛となられ、食事も咽《のど》を通らぬほどという。姫はさっそく別式女《べっしきめ》の装いで芝辻家を訪ねたところ、鶴姫はなんと、里《さと》と名乗って店番をしておられたとのことだ」

「なんと、将軍の姫が、鍛冶屋の店番を——！」

惣右衛門が仰天して声をあげた。

「この世の人のさだめはわからぬものよな。鶴姫は伊茶どのを見てその風貌に一瞬唖《あ》然《ぜん》となされたが、それでも親しく歓談されたそうな。姫は芝辻祥右衛門殿とも対面され、お話を聞かれたそうだが、いまひとつ伊茶どのを信用されず、こたび大坂城代に訴え出たいきさつにはあまり触れたがらなかったという」

「なるほど、そのように書いてござりまする」

惣右衛門は、手渡された書状に急ぎ目を通して言った。

「その翌日、伊茶どのに代わって一柳様が芝辻家を訪ねられたようでございますな。一柳様は、自分は伊予小松藩主で、伊茶姫は妹であり、けっして怪しいものにあらず、このたびの鶴姫の一件がある大名の命を救う手立てともなると話されて、芝辻殿はようやく口を開かれたそうにございます」

「そのあたりは読んだ。その書状は、そも私が先に読んだのだ。まだ委細《いさい》はわからぬが、よききっかけが開かれたようだ」

「芝辻祥右衛門というお方、よきお方のようでございますな。天一坊事件がなければ、鶴姫様の行方がもっと早く明らかになったことでございましょうに」

惣右衛門は、残念そうに重く吐息した。

「それにしても、こたびのことで段兵衛様も武者修行どころではありませぬな」

「まったくだ。その書状によれば、芝辻家周辺には、西条藩の者、黒田藩の者が多数出没しておるようだ。段兵衛はこれを見張ることになったようだ」

「その動きを見るかぎり、やはり黒田継高と有馬氏久とはつながっておりましたようで」

「そのようだな」

俊平がそう言って眉間《みけん》を寄せ、ふと庭に目を移すと、彼方から激しく蟇肌竹刀を打ち合う音が聞こえてくる。

「ほう、今日は励んでおるな」

慎吾から藩主の悩みの種を聞き知っているのか、門弟からすっかりたるみが消え、みな厳しい稽古をするようになったらしい。

「本日は、黒田藩より仙波半兵衛殿がおみえでございます」

「ほう、あの焚石殿か」

「手土産《てみやげ》として、焚石を少々いただきましたぞ」

惣右衛門は、相好を崩して俊平に報告した。

「それはよい。さっそく膳所に申しつけ、魚を焼かそう。今宵《こよい》はちと、盛大な夕餉となろうな」

「伊茶様がおれば、よろしうございますに」

惣右衛門がしみじみと言えば、

「それを言うな、惣右衛門。それより、黒田藩の新陰流はどうだ」

「それが、流祖宗厳様が第三代の印可《いんか》をお与えになられたというだけに、当方の新陰流とさしたるちがいはないようでございます。尾張《おわり》柳生はその後、連也斎《れんやさい》様が、さまざまに工夫を加えておられましたゆえ、むしろ柳生宗矩《むねのり》様に端《たん》を発する江戸柳生に近いかもしれません」

「それは初耳だ。して、肝心の半兵衛殿の腕前だが、どうだ」

「それが……」

惣右衛門がわずかに顔を曇らせた。

「どうしたのだ」

「その腕、容易に推《お》し量《はか》ることができませぬ」

惣右衛門がそう言って、言葉を濁《にご》した。

「ようわからぬぞ。惣右衛門、どういうことだ」

「先刻、慎吾が立ち合いましたが、軽々といなされるばかりで、竹刀を合わせることすらできませなんだ」

「なに、打ち合うこともできぬのか」

「巧みに躱《かわ》しておられました。打ち込むことは、たやすかろうと存じますが、それもせず、ひたすら慎吾の竹刀を受け流しておられました。遠慮をされておられるのかと見ましたが、同門ゆえそのような配慮は必要ありませぬのに」

「うむ。遠慮深いお方だ。他の者とは」

「いえ、慎吾で道場の力を見抜いてしまわれたか、腕を組み、今はじっと試合稽古を眺めておられます」

「恥ずかしいものよな、江戸柳生は。これだけのものか、と思われたやもしれぬ」

「まことに」

惣右衛門は主《あるじ》と目をあわせてしばし嘆くと、

「いちど、じきじきに殿が腕だめしをなされますのもよろしいかと」

「うむ。仙波殿には、焚石の礼もある。まずは道場に行ってみよう」

俊平はそう言って道着に着替え、惣右衛門とともに道場に出てみると、なるほど仙波半兵衛は試合はせず、道場の片隅で腕を組んだまま、身じろぎひとつせずじっと稽古試合のようすを見ている。

「おお、仙波殿、よくまいられたな」

俊平から歩み寄って声をかけると、仙波半兵衛はやっと知り合いに巡り会えたという表情で相好を崩し、親しげに俊平に歩み寄った。

「先生。お邪魔しております」

満面の笑みを浮かべて、俊平に頭を垂れる。

「そのような挨拶は無用になされ。大切な焚石を、ご持参なされたそうだな。ありがたく頂戴《ちょうだい》いたしますぞ」

「ほんのわずかばかりにて、心苦しうござる」

「いやいや、今宵は当屋敷でも焼き魚でござる」

「喜んでいただければ幸いです。持参したかいがありました」

「小姓頭の森脇慎吾と稽古試合で立ち合われたとか。まるで寄せつけなかったと聞き、驚き入りました。黒田藩の新陰流が、それほどのものとは……」

「なんの。慎吾殿には遠慮があったのでござろう」

半兵衛は驕《おご》ることなく、苦笑いして後ろ首を撫でた。

「江戸柳生は、いかがか。黒田藩に伝わる新陰流の太刀筋とは、いくぶんちがいがありましょうかな」

「いえ、黒田家の新陰流は柳生新陰流の道統を受け継いだと聞いておりましたが、やはり同じものだと安心いたしました。さしたるちがいはありませぬ」

「さようか。それは、当方としても嬉しい。柳生新陰流が筑前の地でそのまま受け継がれていたとは」

「初目録《はつもくろく》、奥入《おくいり》、奥伝《おくでん》、免許皆伝《めんきょかいでん》と免許の名も、そっくりそのままと存じます」

半兵衛が初めて鋭い眼差しで稽古の印象を語った。

「尾張柳生は、連也斎殿の工夫が入っておるゆえ、おそらくだいぶちがいがござろうが、江戸柳生は変わらぬ」

「そうでございましょう。柳生先生は聞くところ、尾張柳生を学ばれ、後に江戸柳生を継がれた希有《けう》なお方とのこと。尾張柳生の太刀筋も知りたいものでございます」

「なに、私は久松松平家から当家に迎えられた養嗣子、ただの飾りものです。道場の表看板にすぎません」

「ご謙遜を。将軍家剣術指南役としての評判も高く、同じ柳生新陰流を修める者として、誇りに思うております」

「なに、お恥ずかしいかぎり。いかがであろう。私としても、仙波殿の腕を見たい。当道場の師範代と立ち合ってはいただけぬか」

「と、申されても……、黒田家の恥にならねばよいのですが」

半兵衛は自信なさそうに応じて、しばらく面《おもて》を伏せていたが、

「とても、私が師範代と立ち合うなど、荷が重すぎまする。ご容赦《ようしゃ》願いとうございます」

半兵衛はそう言って尻込みしたが、口ほどには自信なさそうには見えない。

「なんの、謙遜なされることはない」

俊平が、さらに勧めると半兵衛は、

「それでは――」

と、きっぱりと承諾した。

新垣甚九郎《にいがきじんくろう》が支度を整え道場に出て来ると、すでに半兵衛の試合を見ている甚九郎のほうが体をこわばらせているのがわかった。

慎吾が半兵衛にまったく歯が立たなかったことから、半ば自分が負けるのではないかと思っているらしい。

俊平は道場主として神棚の下に座し、じっと両者の立ち合いを見つめた。

道場の張りつめた緊張を踏みながら、新垣甚九郎と仙波半兵衛は間合いをとって対《たい》

る。

半兵衛は蟇肌竹刀を中段につけ、柳生新陰流〈後《ご》の先《せん》〉の構えで静観の動きを見せ

道場に声がない。

峙《じ》し蹲踞《そんきょ》すると、数歩前に出て竹刀を合わせ、またパッと左右に散る。

甚九郎も同様であった。

だが、同じ〈後の先〉では勝負は始まらぬと見たか、半兵衛は早々と竹刀を退くと、左の掌を顎の辺りに置いて、竹刀を後方に傾け、左肩に寄せた。

世に言う、八相《はっそう》の構えである。

これは〈後の先〉より、さらに消極的な構えといえた。

初めての師範代を相手に、半兵衛は慎重な姿勢をとったと俊平は見た。

だが、それはどうやらまちがいであった。

半兵衛はすぐにその構えをやめ中段に竹刀をもどすと、そのままスルスルと前に踏み出し、猛然と竹刀を甚九郎の頭上に浴びせかけた。

甚九郎は応じ返して、そのまま小手《こて》を狙ったが、半兵衛はそれをわずかに体《たい》をずらしただけで流し、打ち込まずに数合《すうごう》打ち合ってまた後方に退がる。

半兵衛には、息の乱れもない。

対する甚九郎は、打ち合うたびに相手の半兵衛が大きく見えてきたのか、脅威を感じてすでに体を硬直させている。それではいかぬ、と見たか、

「ええい、やあ」

甚九郎は、腹の底から絞《しぼ》り出すような掛け声を発し、また前に踏み出した。

半兵衛の剣先を意識し、踏み込んでは退き、退いては追っていくが、半兵衛がふと誘うように剣先を下げると、隙と見た甚九郎はいよいよ二歩すすんだ。

半兵衛は、とっさに後ろに退がる。

竹刀が虚を撃ち、甚九郎が振りかぶってさらに一歩前に出た時、半兵衛の面がいきなり甚九郎を急襲した。

ところが、内懐《うちぶところ》に飛び込んだ甚九郎の蟇肌竹刀が、ほとんど同時に半兵衛の胴を抜いている。

——相討ち。

俊平は、手をあげて制した。

だが、勝負の内容は相討ちではない。半兵衛が相討ちを狙ったことを俊平は気づいている。

むしろ、半兵衛は甚九郎に勝ちを譲ったと言っていい。

「これまで——」

俊平は、うなずいて甚九郎を見かえした。

「どうであったな、半兵衛殿」

俊平が、歩み寄って半兵衛に語りかけた。

「いやいや、さすがに江戸の柳生道場は強い。あやうく相討ちで逃れましたが、これはまぐれにすぎません」

半兵衛はそう言って頭を搔いたが、相手をした甚九郎は冷や汗をかいている。

だが、それなりの腕をもった門弟には、この試合がどちらによって引き分けに収められたのか承知しているようであった。

「悔しいが、負けです」

甚九郎はしゃがみ込み、半兵衛を見かえした。

半兵衛は、よそを向いて、聞こえぬふりをしている。

「とんでもないことです。当道場はいまひとつ気合いが足りず、生温《なまぬる》いと常々思っていたが、こんなところで、ボロを見せてしまった」

俊平は恥じ入るようにそう言って、半兵衛を本殿に誘った。

四

「殿、伊茶どのから書状が届いております」

畿内に向かった玄蔵、さなえからのさらに詳しい情報を待ち望んでいた俊平のもとに、伊茶からの書状が届いたのは、さなえからの報告があって十日ほど経ったある日の午後のことであった。

畿内からはさなえの足でもまず五日、早飛脚でも書状が届くのに三、四日はかかろう。それを思えば、伊茶の行動は素早い。

「これは、伊茶どのの一刀流《いっとうりゅう》一刀両断の素早さよな。もう鶴姫に接触なされたか」

急ぎ慎吾から書状を受けとって封を開けてみれば、いつもの伊茶の達筆による手短な時候の挨拶の後、すぐに鶴姫の消息に触れた本題が綴《つづ》られていた。

姫によれば、鶴姫とはすでに親身に語り合える関係になっているという。

伊茶の語るところでは、鶴姫は十三歳まで大名家の姫として育てられただけに、堺の鍛冶屋芝辻家に拾われた今も、そのたたずまいはれっきとした武家の息女の品格があり、別式女として二刀を腰間《ようかん》に落とした伊茶に対しても、初めから動ずるふうもなくむしろ十三歳まで薙刀を修めていた頃の武芸談議に花を咲かせたという。

連日のように店に通い、三日目に店を訪ねた折に、伊茶は身分を明かし、

――ひょっとして、伊勢西条の鶴姫さまではございませぬか。

と訊ねたところ、鶴姫はやっとのことでうなずいたという。

それ以来、伊茶の自分流の生き方を貫く姿勢にしだいに心を通わせ、姫は伊茶と親密に語り合うようになったという。

「さすがに伊茶どのだ。やることにぬかりがない」

俊平は、惣右衛門に嬉しそうに言った。

「伊茶どのにお頼みして、よろしうございましたな。さなえだけでは、ここまで澱《よど》みなく話がすすみはしなかったことでございましょう」

茶を淹れてきた慎吾も話を聞き、伊茶の手際のよさを我がことのように喜んだ。

「頼邦殿も、どうやら我が一万石同盟の貫長殿の危機に、じっとしておられぬのか熱心に動かれているようだ」

「して、一柳殿は」

俊平は書状の文字を追って、

「芝辻殿の人柄は、まことに高潔なお方と感じ入ったそうな。姫のことを隠していた

のは、武家生活に戻るのがまことに鶴姫のためになるのか迷っていたかららしい」

「七年もの間ともに暮らし、店を預けるまでになった姫だ。きっと親同然の思いで姫の行く末を考えられたのであろう。それに、あの事件がある」

「天一坊事件でございますな。あの事件では、首謀者の天一坊、浪人どもには重い処分がなされました。なるほど、芝辻殿が躊躇なされるのも無理はありませぬ」

「問題は、姫が江戸にもどりたいと思われておられるかどうかだ。伊勢西条藩の江戸屋敷から国表へ、さらに、そこにも居つかず飛び出されたのだ。姫のお心を察すれば……」

「まことに」

「姫のお立場からすれば、将軍の姫であるなどと寝耳に水のような話であろう。容易に気持ちが切り換えられるわけもない」

俊平は、あらためて伊茶からの書状に目をもどした。

「伊茶どのの話では、姫は迷うておられるようすだ。育ての親の芝辻殿には済まぬ気持ちでいっぱいらしい」

「されば、江戸にはお連れできぬ場合もあるのでござろうか」

惣右衛門が、困惑した表情で俊平を見かえした。

「さて、そのあたりのことまでは伊茶どのも書いておらぬが、あるいはいま少し説得に時がかかるのやもしれぬな」

俊平がそう言って惣右衛門を見かえすと、惣右衛門も同じように考えたのであろう、なんとも言えずに押し黙っている。

「なに、姫はそう悪いことばかりは書いておらぬ」

俊平は、気を取り直して書状にまた目をもどした。

「段兵衛とも出会えたそうだ。段兵衛は玄蔵に会い、私からの書状を読んですぐ青ざめ、中之島《なかのしま》の三池藩大名蔵屋敷にすっ飛んでいったそうだ」

「他ならぬ兄上の危機、さぞや驚かれましたでしょう」

「大坂屋敷では、すでに主の危機に混乱を極めておったそうだ。藩士はうち揃い、なんとか藩の救済はできぬものかと段兵衛に詰め寄ったという。貫長が助からぬ時は、段兵衛が、新しい藩主となって藩を再興してもらいたいという話になったらしい」

「意外に家臣というもの、冷たいものでございますな」

惣右衛門が、あきれたように言って慎吾と顔を見あわせた。

「当節、赤穂浪士のように主に一途に尽くしてくれる家臣などめずらしい」

「そのようなことはありますまい。それがしは……」

惣右衛門が、苦笑いを浮かべた。

「あの頃とは話がちがうのだ。世は天下太平。武士の本分など通らぬご時勢よ。みな生活が大事だ。当藩でも、私のような養嗣子が死んでも、泣いてもくれまいな」

「私は泣きまする」

慎吾が青ざめた顔で言う。

「とまれ、三池藩は今はあまり動ぜぬがよろしかろうに」

惣右衛門は、落ち着いた口調で言った。

「もはや三池藩が西条藩に殴り込みをかけるとは思わぬが、あまり騒げば幕府の心証も悪かろう」

「貫長は、江戸でひたすら謹慎中だ。いずれにしても、三池藩を救う手立ては、鶴姫を江戸に連れてくることより他にない」

「まことにもって、息の抜けぬ日々がつづきまする」

惣右衛門も、重く吐息した。

「それよりも、蔵屋敷周辺にはだいぶ密偵が動き回っておるようだな」

「はて、大坂の三池藩を探ってなんとするつもりでございましょう」

惣右衛門が首を傾げた。

「おそらくこれは、刃傷事件とは別の話であろう。三池藩は、焚石を大坂の蔵屋敷まで運んでおるそうな。黒田藩は、その焚石の販路について、探りを入れておるのやもしれぬな」

俊平は、書状をたたみ、慎吾の淹れた茶で咽を潤《うるお》してふと思い出したように、

「さればこれまでのこと、藩邸で謹慎中の貫長に報せてやらねばならぬが、幕府の目もあるのでな。おいそれと私が藩邸に出向くこともできぬ。妙春院どのから伝えていただくとしよう」

「それが、よろしうございます。私も、お伴いたします」

惣右衛門が言った。

「いや、目立ってはいかぬ。今日は私一人で行く。忍び姿でな。なに、本所《ほんじょ》の花火工房までだ。ぶらりと猪牙《ちょき》でゆく」

俊平は、慎吾に外出の準備を整えさせると、やおら立ち上がった。

黒羽二重《くろはぶたえ》に大小の佩刀《はいとう》を腰に沈めれば、将軍家剣術指南役という重い立場の大名が一変して気楽な大名家の部屋住みといった風情となる。

辻駕籠を拾って南本所横網町《よこあみちょう》の花火工房〈有明屋〉へと向かう。

柳河藩の出もどり姫妙春院が始めた風変わりな花火工房だが、幕府の厳しい管理の下では、唯一の花火屋〈鍵屋〉の下請けに甘んじざるを得ず、利は薄くさらに大川の川開きに向けてのかぎられた時期だけの出荷で、藩の財政改革にはなかなかつながらない。

さらなる事業発展が求められていたが、筑後三池藩領に鉱脈が発見されると、妙春院は兄である柳河藩主立花貞俶《さだよし》、筑後三池藩主立花貫長らと、焚石の販路を見つけようと熱心に動きはじめたらしい。

三池藩の鉱山開発の下準備にはさらに数年が必要で、今は柳河藩と協同開発した小規模な鉱脈から採り出した焚石を江戸に送らせ、ようすを見ているという。

俊平が〈有明屋〉の工房の重い表戸を開けると、なかは噎《む》せかえるほどの熱気で息苦しいほどである。

妙春院は焚石の山に体当たりで取りくんでいたらしく、今は頰を黒く染め、工房内にしつらえた鑪《たたら》に焚石をくべているところであった。

そこが鉄を作るところらしい。

妙春院は江戸での焚石の販路を鍛冶方面に絞っているようであった。

初めて見る焚石は、黒いごつごつした小石で、灼熱の岩塊となって鑪のなかで燃え盛っている。

その熱気は、膳所の竈《へっつい》どころの比ではない。花火工房は火気厳禁であったが、こちらはうって変わったありさまである。

「わざわざお運びいただきましたが、ただ今取り込み中にて、おかまいもできません」

接客中だったらしく、妙春院は頬の炭を拭いながら、平身低頭で俊平を出迎えた。だいぶ商売人らしい愛想が身についてきている。

「貫長さまをお助けできるお方は、上様と直接のお話のできる俊平さまをおいておられぬと思うております。さいわい、鶴姫さまの所在がつかめたそうにございますな。これで、ようやく希望が持てるようになりました」

おそらく大坂の動きは、玉十郎から聞き知っているのであろう。妙春院の表情は明るい。

「そのこと、はやご存じであったか」

「はい、段兵衛さまからも書状が届いております」

妙春院は、小娘のように頬を紅らめ、嬉しそうに言った。

「それは意外なこと。段兵衛もよいことをする」

「わたくしが鬱陶しく、武者修行に出たものと思っておりましたが、便りをいただくとは……」

妙春院は、うっすらと涙さえ浮かべている。

段兵衛に惚れた妙春院は、独り者の段兵衛を追いかけまわしたが、それに圧倒された段兵衛は武者修行と称して、西国に旅立ってしまった。

「段兵衛にとって、実の兄の危機。なんとかしてやりたい一心で駆けまわっているようです」

「して、その便りではなんと」

「はい。鶴姫は、贅沢な暮らしなど望んでおらず、今のままの生活にまったく不満はないとのことでございます」

「それは……」

俊平は暗い面持ちで妙春院を見かえした。だが、妙春院の表情はあまり暗くない。

「育ての親の芝辻殿がぜひにと勧めるので、父である将軍に会うだけ会ってみる気になったとのことでございます。伊茶さまも、熱心に説いたのでございましょう」

「なるほど、鶴姫さまの心がそこまで動いたのは、嬉しい。伊茶どの、頼邦殿の説得が功を奏したのでしょう」

「伊茶姫さまには、まことご苦労をおかけしております。また、一柳さまには、立花家の者を勇気づけるべく、伊予小松の多喜浜《たきはま》の製塩所で焚石を扱うことを約束してくだされたそうにございます。まこと、柳生さまご発案の一万石同盟に助けられております」

妙春院は、煤《すす》だらけの手拭いで涙を拭った。

工房を見わたせば、花火工房で五寸玉、十寸玉と格闘してきた職人たちが、今は焚石の山と悪戦苦闘している。みな煤だらけである。

俊平は、工房の片隅の鑪に目を向けた。

焚石をくべて砂鉄を入れ、鉄を造る遥《はる》か大昔からの製鉄の施設である。

「ほう、鑪とはめずらしい物があります。だが、火薬を扱う工房に、灼熱に燃える鑪とは、なんとも大変なこと」

「はい、それはもう火が移らぬよう苦労しております」

妙春院は、花火工房とまったく別の新しい仕事にまだ慣れず気苦労がたえないとこぼした。

鑪の近くで、職人風の初老の男が、若い男と一緒にこちらを見て一礼している。

妙春院が接客中といったのは、この二人のことだったのであろう。

「あの方々は――？」

「刃物鍛冶の上州屋《じょうしゅうや》佐門《さもん》さんですよ。隣の方は息子さんの伝次《でんじ》さん」

妙春院が親しげに言う。

「ほう、刃物鍛冶の方々ですか」

俊平はめずらしい人々に出会ったものだ、と軽く会釈した。

鍛冶屋は日本刀や馬の蹄鉄《ていてつ》、鋏《はさみ》等、手がける物によって、専門分野が分かれている。

刀匠《とうしょう》も鍛冶屋だが、刃物鍛冶といえば小刀、といっても刀の小刀ではなく、農作業や大工、家具職人、能面職人、楽器職人などが扱う小刀を扱う鍛冶屋である。

そういえば、堺の鍛冶屋芝辻祥右衛門も、専門分野はちがうが似た職種らしく、俊平はこの点でも興味を抱いた。

「されば、一緒にお話をうかがってよろしいか」

「もちろんです」

妙春院は嬉しそうに応じ、俊平を鑪近くに立つ法被《はっぴ》姿の二人の職人のもとに案内した。

「佐門さま、こちらはこのようなお気軽なお忍び姿ではございますが、柳生藩主の柳生さまでございます」

そう、妙春院が俊平を紹介すると、

「あ、これは柳生様――」

佐門は驚いて頭を下げたが、職人の気骨か、べつだん動じるようすもない。俊平がお忍びでの到来であれば、こちらもそう遇するといったようすであった。

息子も親父を真似て、軽く挨拶をした。

「どうです。焚石の威力は。鍛冶屋さんが使えば、ずいぶん仕事の能率が変わりますか」

俊平が気さくに問いかけると、

「いやァ、驚いておりますよ」

佐門は江戸っ子らしいちょっと大げさな表情で俊平に応じた。

「あっしらの仕事じゃァ、地金と刃金の二通りの鉄を用意しますが、できるだけ火力のある火を焚き、そのなかに地金と刃金を入れて溶かし、金槌《かなづち》で打ちながら二つの鉄を鍛接《たんせつ》します。そうしてできあがった鉄を、ホウシャや鉄ロウをまぶしてたたくんでさァ。だから、とにかく火力がなくちゃ仕事になりません」

「で、どうだね、焚石は役立ちそうかな」

「大いに期待していまさァ。でもねえ、これまでは炭をくべていたもんだ。すぐに慣れるかどうか。あっしども職人は、微妙なコツみたいなものを体で覚えておりましてね。鉄を鍛えるのも、焼きを入れるのも、体で覚えるんで。だから燃やすものを切り換えるんだったら、また初めからそれを覚えていかなきゃならねえ。あっしのような古株にァちょいときついんで、今日は伜《せがれ》に覚えてもらおうと連れてきやした。まあ、二人三脚で始めてみようかと思ってまさァ」

「鍛冶屋二代でか。それはよいな」

俊平は、振りかえって伝次というその伜を見かえした。

「へい、よろしくご贔屓のほどを」

伝次が、明るい眼差しを俊平を向けて頭を下げた。

見たところ悪びれたところがない真面目そうな若い職人である。鍛冶一筋の親父の背を見て育ったのだろう。俊平はこの若者に好感を持った。

「店はどこなのだね」

「へい。神田鍛冶町《かじちょう》で」

「よいところでやっているな」

鍛冶町は、江戸初期の慶長《けいちょう》八年（一六〇三）、江戸の町割りを実施した折に新たに誕生した町で、幕府お抱えの鍛冶方棟梁《とうりよう》高井伊織《たかいいおり》が拝領してこの地に屋敷を構えたことに端を発する。

高井伊織は、相模《さがみ》、武蔵《むさし》、安房《あわ》、上総《かずさ》、下総《しもうさ》、常陸《ひたち》、上野《こうずけ》、下野《しもつけ》など関八州《かんはつしゆう》の鍛冶頭をつとめ、その配下の職人をこの地に集めたという。

「うちは代々相州《そうしゆう》の鍛冶職人で、昔は刀匠だったと聞いておりやす」

親父の佐門が言う。

「ふうむ。相州は優れた刀匠が多い、そなたらも、きっとよい小刀をつくるのであろうな」

「まあ、自信はございます」

「いつか、小刀で趣味の手作りしてみたいと思うのだ」

「なら、うちの小刀が最高でさァ」

誇らしげに佐門が言う。

「よし。一丁《ちよう》頼むよ」

「なら、今度こちらに持参しやす。ご公儀の剣術指南役柳生様に使っていただけたら、うちの小刀もとても喜びます」

佐門は、息子の伝次と目を見あわせて嬉しがった。

しばらくの間、妙春院と謹慎中の貫長のこと、堺の鶴姫のことなどを話して、工房を後にした頃には、大川にもう月が高く昇っていて、この宵は俊平にとって久かたぶりに心穏やかなひとときとなった。

第三章　同門の敵

一

「殿ッ、お喜びくだされ。段兵衛様からの飛脚が届きましたぞッ」

日頃はもの静かな用人梶本惣右衛門が、めずらしく廊下を駆けるようにして俊平の藩主御座所に飛び込んできたのは、妙春院の花火工房を訪ね、久々に爽やかな職人たちとなごやかな歓談をした宵から三日ほど経ってのことであった。

急ぎ書状の封を開けてみると、乱筆で、

——初めは嫌がっていた鶴姫を、ついに口説《くど》き落とした。伊茶姫とともに、早駕籠を仕立てて、これより江戸に向かう。

といった主旨の内容が記されている。

ただ、この姫が鶴姫である証《あかし》は、いまひとつとも書き添えられていた。

段兵衛も、兄の命がかかっているだけに慎重らしい。

「とまれ、大変なことになった。書状は三日前の日づけになっている。鶴姫さまご一行は、早駕籠であれば、もう直《す》ぐに江戸に着くぞ。うかうかしてはおれぬな」

俊平も、さすがに慌てて書状を手に部屋をうろうろと動きまわった。

「これは、飛脚との競争になりましたな。いやはや、慌ただしい事態とあいなりました」

惣右衛門も、落ち着かない。

「いやいや、伊茶どのもお戻りか。嬉しいことにございます」

惣右衛門は、伊茶の江戸帰還をことのほか喜んでいる。

「して、段兵衛殿は上様とのご対面まで姫をどちらにお預けするおつもりでございましょうな」

あらためて惣右衛門に問いかけられ、俊平も、

(はてな……)

と考え込んだ。

無事江戸入りを果たしたとしても、まだまだ紆余曲折《うよきょくせつ》が予想されよう。

俊平も、鶴姫を護《まも》り通さねばならない。

「はて、筑後三池藩邸は貫長殿が謹慎中、それに、藩邸周辺に密偵もうようよしておろう。まだ評定もさだまらぬうち、ありえぬことではあるが氏久めに連れ去られでもしたら、貫長に不利となる。伊予小松藩にでもお預かりいただくよりないか。藩主頼邦殿は領国に向かっている。ご迷惑をかけることになるが」

「なれば殿。いっそのこと、ここ柳生藩邸にてしばし姫をお匿いいたしましょうか」

俊平のすぐ脇で書状の整理を手伝っていた慎吾が、ふと手を休め俊平に向かって言った。

「それもよいが、このような男所帯では、なんのおかまいもできぬな。武家屋敷を嫌って飛び出されたお方だ。そうした堅苦しさは、お嫌かもしれぬ。また、逃げておしまいになられては一大事となろう」

「はて、思えばなかなかに難しうございまする」

惣右衛門が俊平を見かえし、苦しげに言った。

「いっそ、宿を取りましょうか」

「それもよいが、警護が心配」

俊平も頭を抱えた。

「殿。して、書状には他になにか書いてありまするか」

惣右衛門が、考え込む俊平の手元をのぞき込んだ。

「うむ。大坂蔵屋敷のことがあれこれ書いてある。三池藩の蔵屋敷では、江戸の状況がいまひとつつかめず、屋敷内は混乱をきわめているらしい。それと……」

俊平は書状を、もういちど読みなおし、

「蔵屋敷周辺では、黒田藩士も蠢《うごめ》いているらしい。玄蔵が手を貸してくれて、跡を尾《つ》けていったら黒田藩の蔵屋敷に入っていったそうだ」

「やはり、かの黒田藩でござりますか……」

惣右衛門が、重く吐息した。

黒田五十二万石は、柳生藩一万石と比べれば巨象のような大藩である。その巨象が、敵として眼前に壁のように立ちはだかっている思いであった。

「これで、つまるところ、これまでの一連の出来事、黒田藩主の継高殿が、筑後三池藩の炭鉱開発の動きを知って、有馬氏久に嫌がらせをさせ、願わくば刃傷にでも及ばせ、貫長様を破滅させようとした可能性が濃厚となりましたな」

「うむ。まったく、とんでもないご藩主殿よ。藩政改革はみごと達成させたというが、悪知恵もはたらくお方のようだ。かくなるうえは、ぜがひにも貫長の事業を成功させ、黒田継高の鼻を明かしてやりたいものだ」

俊平がいまいましげに唇を曲げていると、

「それにしても相手が大きすぎますな」

慎吾も思ったことを言う。

「あのお方は頭が切れすぎるうえ、己に酔っておられる」

俊平が、苦々しげに宙を睨んだ。

「ご注意なされませ。上様ご贔屓の黒田様と対立しては、後々ご不興を買うことにもなりかねますまい」

惣右衛門は大藩黒田家と将軍吉宗との繋がりを強調した。

黒田継高は享保《きょうほう》四年（一七一九）に家督を継いで以来、すでに長く藩主の座にすわりつづけており、将軍吉宗の信頼も篤《あつ》い。

ことに藩政改革には積極的に取り組み、さらに伝統を尊び、邸内に能役者の稽古場を造って盛大な能会を幾度も催《もよお》し、将軍吉宗や老中を屋敷に招いているという。

喧嘩相手としては、とにかく手強《てごわ》い相手である。

「だが、継高殿が乾分を使って、血の気の多い貫長殿を挑発したこと、上様はわかっておられる。貫長の命がかかっておるのだ。断じてここは退くわけにはいかぬ」

「それでこそ、我が殿。大切なところは、お曲げになりませぬ。それがしは、どこまでもついていきますぞ」

「ちと大仰《おおぎょう》すぎるぞ、惣右衛門」

俊平は苦笑いして、髪に白い物の混じりはじめた年来の用人を見かえした。

「それにしても、知恵のまわるご太守は、これからもいろいろなことを企んでこよう。こちらも、よほど警戒してかからねばな」

俊平は腹を括《くく》ってそう言ってから、

「ところで、黒田藩といえば、かの焚石の御仁だ。稽古は来ておられるか」

「このところ、ご多忙なのか、あれ以来お見えになりませぬ」

「ならば、焚石はもう残っておらぬな」

俊平が残念そうに言うと、

「いえいえ、まだございますぞ」

惣右衛門は、得意そうに俊平を見かえした。

「そうか。それは嬉しい。鶴姫さまが江戸に到着されてからは、多忙になろう。今宵は鯵《あじ》の焼き物で元気をつけておこう」

「鯵ならば、昨日、膳奉行が大量に買いつけたそうにございます」

惣右衛門がまかせてほしいとばかりにうなずいた。

「そうか。それはよい」

俊平は、相好を崩して膝をたたいた。

惣右衛門は俊平と目を見あわせて笑いながら、

「それにしても、半兵衛殿も宮仕えの身。もはや敵方と見たほうがよろしかろう。当道場には、やすやすとは来られますまいし、また来たところでこれまでのようには接せられますまい」

そう言って眉を曇らせると、

「そう身構えることもあるまい。半兵衛殿は半兵衛殿だ。それにしても、寂しいことになった」

俊平は肩を落として内庭の向こう、道場から響く心なしか弱々しい竹刀の響きに耳を傾けていた。


鶴姫が、段兵衛と伊茶に伴われて早駕籠で江戸に到着したのは、段兵衛からの書状が柳生藩邸に届いてから、わずか二日後のことであった。

三人は結局、葺屋町《ふきやちょう》のお局館に直行した。段兵衛と伊茶が警護役として付いていれば、女所帯ゆえ鶴姫も気軽であろうし、行儀作法も身につけられる。

結局、武家屋敷より町家の気配の知れた人々のもとへ、と伊茶が判断したという。伊茶は綾乃に向け、書状でここに至った事情を説明し、丁重に鶴姫の保護を依頼した。

これには、伊茶のもうひとつの判断があった。

鶴姫には上様との対面では、どこをとっても大名家の姫様という印象を与えるよう、お局のところで身支度をさせようという考えであった。

姫一行は、江戸入り後船宿で一泊し、伊茶がすぐにお局館に江戸入りを知らせた。お局方はみな、事情を知って一も二もなく姫を受け入れることを承諾し、招き入れたのであった。

俊平がお局館を訪ねたのは、姫が江戸入りして翌日のことである。

その日、段兵衛は、兄の貫長に吉報を届けにゆくといって出かけ、鶴姫は、伊茶と俊平を出迎えた。

鶴姫はすでにお局方に心を開き、三味線や琴《こと》、生け花でくつろぎ、しだいに武家の作法を思い出しつつあった。

根の高い島田《しまだ》の髷《まげ》が若々しい。

「鶴姫さま、こちらが柳生俊平さまでございます。とてもおやさしい方で、姫のお父上さまとも親しくされておられます」

そう言って、初めはどこか俊平によそよそしかった伊茶も、ふたたび俊平と呼吸を合わせ、かつての口ぶりのまま俊平を紹介した。

「お初に御意を得ます」

俊平が声をかけると、

「柳生さまのお話は道中、たびたび伊茶さまより聞いておりました」

鶴姫は俊平に微笑みかけた。

芯のある背筋の通ったたたずまいが印象的である。それでいて、人懐《ひとなつ》こそうな瞳がまぶしい。

(案ずるより産むがやすしか)

俊平は安堵して、二十歳の姫を見かえした。

「父と、お友だちでいらっしゃるのですか」

姫が、まるく湿った声で言った。

「剣術をお教えしております」

俊平が真っ直ぐに姫を見かえして語った。

「まあ」

将軍の暮らしぶりなど想像もできないのか、俊平を道場の先生のような者と思ったらしい。

「そうですか、剣術を」

鶴姫は言葉少なに応じて、じっと俊平を見つめ、わずかに眉を曇らせた。

父は自分を捨てた将軍という。この男も冷たい武家の人なのではないか、と思ったらしい。

俊平にも、姫の気持ちがわからなくはなかった。

俊平も久松松平家十一男として生まれ、父松平定重《さだしげ》の顔さえ見る機会は少なかった。

妻の阿久里との仲を引き裂かれ、その心の傷も癒《い》えず、今も再婚に踏み出すこともできずにいる。

人の世の冷たさは、身に沁《し》みてわかっている。

俊平の目に鶴姫の姿がけなげに映る。

「姫さま、柳生さまが上様に鶴姫さまが見つかったとお伝えになります。その前に、よろしければ、伊勢西条藩江戸屋敷ならびに領地でのお暮らし、さらには有馬陣屋を飛び出された経緯など、少しお話しいただけましょうか」

伊茶に促され、鶴姫は口ごもりながら、辛かった有馬家での生活をとぎれとぎれに俊平に語りはじめた。

「私はもう冷たい武家屋敷の暮らしが嫌になり、たまらず陣屋を飛び出しました。ただ、世間知らずの私には、それはあまりに無謀な行動でした。こんな私を天は見捨てることはございませんでした。伊賀《いが》の街道で道に迷って困っているところ、旅の修験者三人に助けられました。みなよい方々にて、私を堺の神官に預けると言い、連れていってくださいました」

「それが、芝辻の家の分家である高須神社の神官だったのですね」

「はい」

姫が、穏やかな表情でうなずいた。

「それより後、高須の方々はお社ではやはりなにかと生活に不便と、私を芝辻家本家である芝辻祥右衛門どののところに預けてくださいました」

「そこは、姫にとって初めての居心地のよい家であったのですね」

俊平が小さくうなずきながら訊ねた。

「はい、それまで私が生きてきた世界とはまるでちがう人たちの住むところでした」

姫は、穏やかな表情で応えた。

「私の生涯で、初めてひとの暖かさに触れ、心の落ち着きを取りもどせたところでございました」

はっきりした口調で、鶴姫は応えた。

「どんなお方だったか、柳生さまにお話しいただけますか」

伊茶が、鶴姫に誘いかけた。

「養父祥右衛門は、邪気がなく、刃物づくりのことしか頭にないお方でした」

「そのような職人気質《かたぎ》のお方なればこそ、芝辻殿は鶴姫さまをほんとうの娘のように育てられたのですね」

「はい、養父には子供がおらず、お母上さまとともに天の授かりものとして私を大切に育ててくださいました」

「姫の素性《すじょう》は知っておられたのでしょうか」

「知っておられたことでしょう」

鶴姫が、ちょっと口ごもってから俊平にうなずいた。

「でも、姫がなにもおっしゃらないので、なにもお訊ねにならなかったそうです」

伊茶が姫から伝えられたことを俊平に告げた。

「でも、姫がご自分から少しずつこれまでのことをお話しになるようになって、これまでの暮らしに耳を傾けるようになったそうです。なにゆえ有馬家の姫が上屋敷を離れたか、陣屋におられないようになったか、そういう話に耳を傾けるうちに、鶴姫さまが有馬家の娘ではなく、なにやらいわくがあって預かった姫ではないかと考えるようになられたとのことです。それと、あのお守りと懐刀」

「そのようなものをお持ちですか」

「新義《しんぎ》真言《しんごん》宗《しゅう》根来寺《ねごろじ》のお守りと銘のある懐刀を持っておりますが、養父はこの懐刀を見てひょっとしてと思うようになったそうです」

「銘のある懐刀……？」

「芝辻殿は、堺きっての刀鍛冶。鉄砲鍛冶の家柄で、刀剣にも造詣《ぞうけい》が深く、姫の懐刀千代鶴《ちよづる》が名物の中の名物で、伊勢西条一万石の大名家の姫が所持できるようなものではないと思われたそうです」

「なるほど」

俊平に、祥右衛門が目利きであるとともに鋭い洞察力のある人物であることが察せられた。

「しかし、姫をお預かりした当時、世は天一坊事件の只中《ただなか》で騒然としており、偽りを語った天一坊は獄門台に上がりました。芝辻さまは確証のないまま、名乗り出ることを恐れられたそうです」

　伊茶が言った。

「そうであろうな」

　俊平は芝辻祥右衛門の気持ちを推《お》しはかった。

「それにしても家臣の態度がつめたすぎます。姫が将軍のお胤《たね》でありながら有馬家に預けられたと知る者はなかったのでしょうか」

　綾乃が、遠慮がちに姫に問いかけた。

「聞かされておりません。だから、父氏倫の実の子でありながら、どうして養子である兄氏久や家臣にまで軽んじられたかがわかりませんでした。そのうえ、領地の代官にまで」

「おそらく上様一途の有馬氏倫は、上様の恥と口を固く閉ざしていたのでしょう。また養子の兄の氏久殿がそのように姫を嫌うておれば、周囲になんの説明もされなかったことでしょう。代官も、なにも知らされぬまま、軽視してよい姫と思うていたのやもしれませぬ」

　伊茶が、事情を察して不憫な姫の手を取った。

「ご苦労をなされましたな。姫」

話を聞いていたお局館の女たちも涙して話を聞いている。

「でも、堺に移ってからは、平穏な日々を過ごすことができました。今さら武家の娘にもどろうとは思いませんが、養父芝辻祥右衛門は、私を単なる鍛冶屋の娘にさせておくのはおそれ多い、また幸福になるよう生まれてきたはずだとしきりに申され、私もそのようなものか、とこの頃は思うようになったのです。でもこの話、まだ半信半疑です」

「そのとおりでございますよ。姫は、もっとお幸せになる権利がございます。よくぞ、お覚悟なされました」

歳嵩《としかさ》のお局常磐が姫の手を取って言う。

「養父と過ごした日々よりも、幸せな日々などあろうとも思えませんが……」

鶴姫が常磐を伏目がちに見かえした。

「ところで、姫。上様とのご対面までの間、このままずっとこちらにお世話になりますか、それともどこかお過ごしになりたいところがおありでしょうか。ご希望があれば、ご配慮いたします」

俊平が、姫に問いかけた。

「こちらでじゅうぶんでございます。みなさまによくしていただいて、もったいないかぎり。武家の女の作法も教えていただきありがたく思っております。ただ、いつまでも、厄介《やっかい》になるのはお局さま方にご迷惑ではないかと」

姫が、案ずるところを綾乃に訊ねた。

「私どもは、いっこうにかまいませんよ。ここでお作法をお教えすれば、姫さまにとっても好都合。これからのためには必要でございましょう」

綾乃がみなとうなずき合う。

「しばらくはこの家でお過ごしくださいませ。三味や習い事の門弟も出入りし、いささか騒々しうございますが、よろしければ」

吉野が、姫の手をとってそう誘うと、

「よろしうお頼みいたします」

鶴姫はようやく安堵したか、伊茶と俊平、段兵衛をそれぞれを見かえしてうなずいた。

「私も、それがいちばんよいと思う。時折気分を切り換えて、妙春院どののところにでかけてみるのもよいかもしれませぬな。あちらでは今、鍛冶屋も出入りしているそうな。話のあう者もおりましょう」

「妙春院さま……？」

鶴姫が驚いて俊平を見かえした。

「柳河藩の姫です。嫁ぎ先の主に先立たれ、藩にもどって来られたものの、生来の活発なご気性からじっとしていられず、藩の財政再建の助けにと花火屋を始められておられます」

「まあ、面白そうなお方でございますね」

鶴姫が、目を輝かせた。

「しかし、残念ながらあの工房には寝泊まりはできません。夜道は危険、早々にお帰りなされませ」

伊茶姫が鶴姫に念を押した。

「されば、いちどご案内いたそう」

俊平がうなずけば、

「ぜひにも」

と鶴姫は、嬉しそうに俊平を見かえした。

二

——至急、登城せよ。

で始まる将軍吉宗からの上意が届き、俊平がすぐさま駕籠を仕立てて登城してみると、吉宗は将軍御座所で待ちかねていたようにして俊平を迎えた。

吉宗は、さっそく下座で登城の口上を述べ平伏する俊平をさえぎって、

「前置きはよい。話は聞いたぞ、俊平。これへ」

と、大きな声をあげた。

「お耳が早うございますな。玄蔵でございますか」

俊平は一間の間を置いて吉宗を見上げ、問いかけた。

「うむ。ようはたらいておるようだ。鶴姫は、いま余の追い出した大奥のお局たちのもとにおるそうだな」

吉宗は嬉しそうにそう言って、なおも近う、と手招きする。

俊平はさらに膝行《しっこう》して半畳詰めた。

「まずは、鶴姫さまは、町人の娘として育っておられましたゆえ、武家の行儀作法を

思い出していただこうと、元お局どのに依頼いたしました」

「それはよい案じゃな。あの者らには、余は憎まれてしかるべきところ、世話をかけておる」

「いえ、上様のお役に立てばと、みな喜んでおります」

吉宗はうむとうなずいた。

「それにしても、俊平。江戸がさっそく騒ぎだしたぞ」

「はて、なんのことにござりまする」

吉宗が渋い顔をして、近習に一枚の瓦版《かわらばん》を取ってこさせ、

「これじゃ」

と俊平の目の前に突き出した。

それを一礼して受け取ると、俊平は素早くその瓦版に目を走らせた。

その瓦版にはなまなましい筆致で第二の天一坊事件か、と大書きされ、鶴姫らしき女と吉宗を対《つい》に面白おかしく記事が書き散らされている。

「これは、玄蔵が届けてよこしたものだが、こたびの姫の一件を、第二の天一坊事件などと囃《はや》し立てておる」

「仲間内の仕業と思われまするか」

「黒田、有馬の仕業と申すか」

「おそらく。それにいたしましても、なんとも手回しが早うございまするな」

「これは、大坂表の動きと連動しておると余も見ておる。玄蔵の話では、かの両藩の手の者が動いておるという。早々と鶴姫の江戸入りを瓦版屋に報せ、前もって描かせたものであろう。姫の姿は芝辻祥右衛門の店にいた鶴姫の顔を描かせ江戸に送りつけたのであろう。その瓦版屋を引っ捕らえ、口を割らせようと思い、その者らの探索を忠相《ただすけ》に命じたが、瓦版屋は逃げ足が早く、現場を押さえぬかぎり難しいという話であった」

「彼《か》の者らは、仲間どうしで知らせあい、役人が来る前に逃げ出してしまいます」

「ううむ、小癪《こしゃく》な奴らよ」

吉宗は膝をたたいて悔しがった。

「おそらく氏久あたりが臭いと思い、さきほど呼びつけ問い質《ただ》したが、あ奴め、知らぬ存ぜぬの一点ばりじゃ。そればかりか、あの鶴姫は偽者ではないかとまでぬかしおった」

「偽者、でございますか……」

俊平はなかば呆れかえって吉宗を見かえした。

「瓦版の鶴姫は、江戸藩邸で共に暮らしていた頃の姫の面影はなく、さらに、件《くだん》の懐刀など見たことはないと申したそうな。それと、余は有馬氏倫に預けるに際し、生まれてきたばかりの娘の体の特徴を書き残しておくよう命じたのだが、その書き記したものもないという。それを見れば、一目瞭然《いちもくりょうぜん》。すぐにまことの姫かどうかわかるのだが、おそらくそれを見せたくないため隠してしもうたか、捨ててしもうたか。なんとも小憎い奴よ」

吉宗は、膝をたたいて怒りを露《あらわ》にした。

「なんとも、いまいましうございます」

俊平も吉宗につられて、顔を紅潮させた。

「まあ、そう怒るな、俊平。余は、氏久が嘘をついておること明白と思っておるぞ。それだけに鶴姫がまことの姫と思うようになった」

「それがしは、確信しております。これとは別に、気になる一件がございます」

「申せ」

「こたびの立花貫長の刃傷事件と、姫の一件がはっきりつながってまいりました。ここで譲っては、立花貫長殿を追い落とすことができぬと見ておるのではと存じます。立花貫長殿へのご配慮を賜りとうございます」

「それは余もそう思う。それにしても氏久め、それほど黒田継高とは昵懇か。だが、そちに姫の探索を命じたことを、どうして嗅ぎつけたか」

吉宗は、怪訝そうに宙を睨んだ。

「それは存じませぬ。しかしながら大坂の筑後三池藩蔵屋敷には、すでに数多くの密偵が出没しておるそうにございます。その中には、黒田藩の者も多数混じっておりまま。黒田藩としては焚石の商品化をもくろむ筑後三池藩をなんとしても潰してしまいたいようす。氏久殿の後ろで糸を引いているのは、今や黒田継高殿であること、明らかでございます」

俊平は声を高めて言った。

「だが俊平、まだ滅多なことを申すな。黒田継高と余は昵懇。あの男は、余の期待する藩政改革を成功させ、傾いた藩の財政を立て直したばかりか、文武に秀《ひい》で、能をおおいに好んで能役者を保護しておる。藩主の鏡《かがみ》のような男。余も桜田の上屋敷をたびたび訪れて愉しんでおる」

「心得ております」

俊平は吉宗が、いまだに黒田継高に肩入れする理由がわからなかったが、それが政《まつりごと》ということかもしれぬと思うのであった。

「とまれ、この一件、天一坊事件のこともある。軽々《けいけい》にその娘を我が姫と認めることはできぬと腹を括《くく》っておる。身から出た錆《さび》だが、幕府の威信にかかわることでもあるでな」

「承知しております」

俊平は静かにうなずいて平伏した。

「いまひとつ、奇妙な話を聞いた」

「はて、なんでございましょう」

「姫を養育してくれた芝辻祥右衛門だが、氏久が奇妙な噂を摑んできたのだ」

「奇妙な噂……」

「遥か昔の話となるが、芝辻家は二代芝辻理右衛門《りえもん》の頃、五百匁《もんめ》の砲丸を放つ大砲を造り、大坂の陣における我が方の勝利におおいに貢献したとされておる」

「その話、聞いております。芝辻とはその芝辻でございましたか」

「そうらしい。だが、じつは二股膏薬《ふたまたこうやく》で芝辻理右衛門は大坂方にも通じており、真田《さなだ》信繁《のぶしげ》の密命を受けて連発銃を制作し、馬上から神君家康公を追い詰めさせたとの噂があるという」

「まことにござりますか！」

俊平は、茫然と吉宗を見かえした。

「あの日本一の強者と称賛された真田信繁が造らせただけのことはある。それはすぐれた銃での。八連発の馬上宿許筒《ばじょうしゅくしゃづつ》という」

「にわかには、信じがたいほどでございますな」

「氏久は、そのような表裏のある先祖をもつ者の言うことなど信じてはならぬと申す。今は太平の世ゆえ、よほど店の経営に窮しておるようだと申すのじゃ」

「だからと申して……」

俊平は思わず膝を詰めて吉宗に問いかけた。

「よいのじゃ。関ヶ原《せきがはら》の戦や大坂の陣において当時の外様《とざま》大名はみな生き残りをかけ、二股膏薬でもなんでもした」

「はい」

俊平は目を細めて、百年を越える昔の大戦《おおいくさ》を回想した。

黒田官兵衛《かんべえ》（如水《じょすい》）は九州を平定し、やがて西国から畿内に攻めのぼって、徳川家と一戦を交えんとしていたという。

「そうじゃ。黒田とて同じ。だが、たまたま関ヶ原の戦が一日で終わったしまったため、官兵衛が天下取りをあきらめただけのこと。真田信繁が連発銃を芝辻理右衛門に発注していたとしても不思議はない。信繁は大坂方にあって随一の知将であった。それくらいのことは考えよう」

「それにしても、驚きましてございます。馬上宿許筒でございますか」

「うむ。その馬上宿許筒で名のとおり馬上から敵将を狙う。じつは、これには後日談がある」

「と、申されますと?」

「地に落ちたその連発銃が、紀州藩祖徳川頼宣《よりのぶ》公の手に入り、密かに藩内で保管されておったのだ」

「まことでございますか」

「まことよ」

吉宗は俊平を見かえして、ふくみ笑った。

「わしは紀州藩主当時、それを手にとってつぶさに見たことがある。よくできた代物《しろもの》であった。あれが、大量に製造されておったら、東軍はおそらく敗け戦となっておったであろう」

「八連発と単発の銃では、戦力は十倍以上の開きがありましょう」

「うむ。弾込めの手間を必要とせぬ銃だ。さらに戦力に開きが出よう。だがの、面白い話ではあるが、今となってはすべてが兵《つわもの》どもが夢の後よ」

「まことにもって」

俊平は遠い目をして、天下の趨勢《すうせい》を決めた最後の戦に思いをはせた。

「ともあれ、芝辻理右衛門はそれほどの力を持った鉄砲鍛冶であった。いかに落ちぶれたとはいえ、その末裔《まつえい》である祥右衛門がその誇りにかけて、鶴姫の出自のことで、余を騙そうとは思うまいと見る」

「ご推察のとおりかと存じまする」

俊平は吉宗の確信に満ちた言葉に安堵した。

「俊平。氏久めがぐうの音《ね》も出ぬよう、姫がわしの娘である確たる証拠を摑んでくれ。立花貫長の命を助けるためにもな」

吉宗はそう言って、俊平をうかがい見た。

「心得ましてござります」

「確かであれば、余がこの目で確かめる。だが、それは、あくまで姫が余の子であることの確たる証《あかし》がつかめた時じゃぞ。いま少し、辛抱《しんぼう》強く姫の素性を調べてくれ」

吉宗はそう言い残し、もういちど俊平に目をやって将軍御座所を去っていくのであった。

三

「これでまた、寿命が三年ほど延びた気がしまする」

惣右衛門が、久しぶりに伊茶の淹れてくれたびわ茶を手に、嬉しそうに姫を見かえした。

伊茶は、惣右衛門の喜びように相好を崩し微笑んでいる。

「惣右衛門、そち、伊茶どのの茶を幾杯飲んでおる。もはや二百歳、三百歳に達しておろう。もはや、そちは仙人じゃ」

すぐに隣で、慎吾も嬉しそうにうなずく。

伊茶姫が参勤交代で国表伊予小松にもどっていったが、こたび急遽《きゅうきょ》鶴姫を伴い、江戸に舞いもどってきたのは、誰にも予測もできぬ嬉しいことであった。

一時は永久の別れかとも思ったほどの伊茶姫であっただけに、柳生藩邸では、わずか一カ月の留守にすぎぬのに何年かぶりで姫がもどってきたような騒ぎとなっている。

「まだ、膳所にびわ茶が残っておりましたとは驚きました」

姫が、思いがけないことのように言えば、

「まだまだ、残っておりますよ、伊茶どの。びわ茶は伊茶さま以外には淹れられません」

伊茶贔屓の慎吾が、声を大きくしてうなずく。

「まあ、慎吾さま」

「まことに、伊茶どのが去られてから、当柳生道場は灯の消えたような寂しさであった」

俊平も、うなずきながら、伊茶姫を見かえした。

「伊茶さまがもどってこられたので、今日は道場の門弟は竹刀がみな乱れておりました」

慎吾がちょっと誇張してそう言えば、

「それはいかぬな」

俊平も苦笑いする。

「しかし、一同大いに喜んでおります。姫はまことにお強かったと。また一手、ご指南いただきたく存じます」

慎吾が真剣な口調で姫に頭を下げれば、伊茶も断りきれず、

「では、本日にも――」

と、慎吾を見かえした。

剣の精進《しょうじん》は根っから好きな姫なのである。

「それとは別に、じつは兄からぜひ俊平さまにお頼みしてほしいと言われたことがございます」

伊茶が、わずかに身を乗り出して俊平に言った。

「ほう、頼邦殿から」

「兄は、貫長さまの身が案じられ、これより後、国表で一年を過ごすことができそうもないと申し、このまま私に江戸に留まって、幕府の動きを報告してほしいと申しております。ただ、私の耳に入ってくる幕府の内情などなきに等しく、俊平さまにお尋ねしなければわかりません。たびたび道場をお訪ねしてよろしうございましょうか」

「妙なことを言われる。ここは、姫の道場ではないか」

「されば、お別れしたばかりなのに、こうしてお訪ねするのは心苦しうございますが、お許しください」

伊茶は、そう言ってうつむいた。

「なんの遠慮があろう。私も門弟たちもみな姫の帰還は大歓迎だ。いつでも訪ねて来られよ」

そう言ってから、俊平は伊茶の淹れたびわ茶を飲んだ。

「それにしても頼邦殿も気がかりであろうな。義兄弟の契りを結んだ貫長殿が生涯最大の危機に瀕《ひん》しておられる」

「はい。わたくしも心配で寝られず、大坂ではつらい思いをいたしました」

「あいにく評定所の判断はまだ出ていない。もはや、上様のお胸の内ひとつということなのだろうが」

「その上様のお気持ちがいまひとつわかりません。いったい、貫長さまをどうなさるおつもりでございましょう」

「これは私の憶測だが、上様は私を動かしてこたびの鶴姫の一件を収めたい。それゆえ、貫長殿のことをいわば出汁《だし》として使うことを思い立たれた。狡《ずる》いといえば狡いし、お人がわるい」

「まことに」

伊茶は、拗《す》ねたように口を尖《とが》らせた。

「だが、これまでのところ貫長殿のお立場にとって悪い話は出ていない。伊茶どのは、鶴姫はまこと上様のお胤とご判断された。偽者でなければ、あとは上様とご対面していただくまでだが、上様はいまひとつはっきりと確証がほしいとお考えのようだ。ふたたびお胤となる子が偽者であれば、上様の恥になることであり、ひいては幕府の威信にもかかわる」

俊平は説くように伊茶に言ってきかせた。

「心得ております。されば、もし鶴姫さまがまこと上様のお胤とわかったならば、上様は姫をどうなされるおつもりでしょう」

「私にもわからぬ。どこぞの大名の養女とした後、嫁に行かせるご所存かもしれぬ」

「なるほど、して、いずこの養女に」

「はてな。柳生家でも、一柳家でもよいのであろうが。上様の姫ともなれば、あまり小大名のもとにも嫁がせられまい。せめて十万石か」

俊平はそう言ってからふと考え、

「柳河藩で受けてもらえば、おのずと貫長殿のためにもなろうな」

「それはよいお考えでございます」

伊茶は明るい表情で俊平を見かえした。

「ところで姫、今宵はお食事をなされてお帰りになりますな」

俊平が、ふと伊茶をうかがいみて訊ねた。

「はい、それは」

「じつは、焚石のお話はすでに段兵衛殿からお聞きであろう。その焚石が、まだ残っておりまする。焼き鯛で、歓迎の宴を設《もう》けましょう」

「まあ、焚石で焼き鯛。なんとも贅沢なお話でございます」

姫は俊平に夕食を誘われて嬉しそうに目を輝かせた。

「こたびの刃傷事件の背景には、この焚石を巡る争いがある。思えば忌《い》ま忌ましい話だ」

「まことに」

伊茶姫の、その崩した相好が真顔になった。

「ところで、伊茶どの。鶴姫さまは今いかがなされておられる」

「お局のみなさまと、楽しく過ごしておられます。本日は、段兵衛さまに連れられて、妙春院さまのところにまいられました」

「ほう、妙春院どののもとに。さればこれから柳河藩ともよき縁ができよう」

「あちらでは、焚石を用いた新しい鍛冶を工夫されておられるそうでございますが、姫さまは芝辻家におられたゆえ大変鍛冶のことにお詳しく、妙春院さまにいろいろ助言してさしあげられるはずでございます」

「それはよい。だが、〈有明屋〉は人の出入りが激しい。警護は大丈夫であろうの」

俊平はちょっと気になって伊茶を見かえした。

「わたくしと段兵衛殿さまとで、替わる替わる姫をお護りしていくつもりでございます」

「それはよい」

俊平は安堵してうなずいた。

「怪しい動きは、ありませぬか」

「それが……どうも」

伊茶はそう言って首を傾げた。

「お局館も、〈有明屋〉も、このところともに何者かに見張られているような気がするのです」

「まことか」

「確たる話ではございませぬが」

俊平が険しい表情で姫に訊ねた。

「どのような輩《やから》です」

「見かけるたびにようすが代わり、町人風の者もあれば、浪人風の者もあり、定まりません。昨日は修験者が数人、錫杖《しゃくじょう》を持ち、〈有明屋〉を探っておりました」

「修験者か」

俊平は小さくうなってから、

「黒田藩が怪しい。〈有明屋〉なれば、姫の件ではなく、焚石の一件で探りを入れているのかもしれぬな」

「そのあたり、判然といたしません。黒田藩の領地には修験の山英彦山《ひこさん》がございますゆえ」

「うむ、もとは彦山と言うていたが、院宣《いんぜん》により『英』の字をつけたと聞く」

「ふうむ。そう言えば、姫を助け、泉州《せんしゅう》堺まで連れていった修験者の方々も、英彦山の者であったと聞きおよびます」

「そのようだ」

「偶然の一致でございましょうか」

「しかし、黒田藩主黒田継高はしたたか、ご油断なされるな」

「なんの、油断はいたしません。兄は義兄弟となったからには、貫長殿をなんとしても護りぬくと申しており、私のはたらきも期待しております」

「頼邦殿には、私からも近況を報せる。できうるかぎり、書状を書くとしよう」

俊平が、力づよく伊茶に向かってうなずいた。

「ありがとうございます。兄はおおいに喜びましょう」

「されば、私もいまいちど妙春院どのの工房を訪れてみよう」

「姫さまは俊平さまを気に入っておられます。お局館では、俊平さまのお噂でもちきり。姫さまは俊平さまにお会いするのを愉しみにしておられます」

そう言って伊茶が応じると、じっと俊平を見つめていた。

四

上屋敷を出て大川端で猪牙を拾い、南本所横網町まで伊茶と向かい合って座りながら短い船旅となる。

「どうです。久々の江戸の風は」

俊平が風に総髪の髪を乱している伊茶姫に問いかければ、

「それは、よいものでございます。わたくしは、すっかり江戸の暮らしに馴染んでいたのに気づきました。今では、もう江戸を離れたくはありません」

ちょっと拗ねたように、伊茶が言う。

「そうであろう。ならば国表に帰らねばよいのだ」

「俊平さまは、ひどいことを申されます」

伊茶はうつむいたまま顔をあげない。

「伊茶どのにはすまぬと思っておる。いつであったか、阿久里に会い、なにゆえ嫁をもらわぬおつもりかと問われた。ちと悲しい思いであった」

俊平がぼそりと言うと、伊茶が哀れみの眼差しで俊平を見かえした。

「おかわいそうな俊平さま。阿久里さまをお忘れになれない俊平さまですのに。そしてこのお悲しみは、有馬氏久の父氏倫が生み出したものでございました」

「そうであった。死者を恨んだところで仕方がないが、あの父子には許せぬところがある」

俊平はそう言って怒りを嚙み殺した。

「まことに、あのお二人は俊平さまにひどいことをなされました」

何度もそう言ってうなずいた。

伊茶も、こたびの貫長の悲劇が、氏倫の伜有馬氏久によって計画的に引き起こされたことはむろん聞いている。

「わたくしとて……」

伊茶がまたうつむいて言った。

「ふむ？」

「江戸を、ほんとうは去りとうはございませんでした。でも、江戸に残っていてはあまりにつらい思いばかりで」

伊茶の双眸《そうぼう》から二筋の涙が流れ出し、風を受けて斜めに頬を濡らした。

伊茶は、それをもはや拭おうともしない。

「そういえば、上様はこたび、伊茶どのにことのほか世話を掛けると礼の言葉を申されておりましたぞ」

俊平が言った。

「これも、貫長さまをお救いしたい一念からにございます」

「そうであろう」

「俊平さま」

「なんです」

「上様は、なぜ継室をお貰いにならないのでございましょう」

伊茶はうかがうように俊平を見つめた。

「はて、お亡くなりになったご正室伏見宮家の理子さまに気を使われておられるのでしょう」

「おやさしい上様でございます」

「はて、それはわかりませぬ。恐れていらっしゃるのかも。とまれ、ご側室はお持ちになられておる」

俊平は笑った。

上空、晴れ渡った空に、かもめが数羽弧を描いて舞っている。

「次期将軍となられる家重《いえしげ》様のお母上はお須磨《すま》の方《かた》。さらに、お古牟《こん》の方《かた》もお二人のお子を産んでおられる。そういえば、上様が……」

俊平はそこまで言って言いよどんだ。

「なんでございます」

「妙なことを言われたのを思い出したのです」

「はて、なんでございましょう。ぜひお聞かせくださいませ」

「じつは、俊平は継室をもらわぬのかと」

伊茶は小さく身を震わせた。

「で、俊平さまはなんと申されました。ぜひ聞きとうございます」

伊茶が、じっと俊平を見かえした。

「考えておりませぬとだけ、申しあげました」

「ならば、継室はもらわず、側室を迎えればよいではないかと。とんだご冗談を申されました」

「上様はなんと――」

伊茶は、猪牙の上であっと声をあげた。

「まあ、それは、わたくしのことでございましょうか」

「さあ、それは知りませぬな」

俊平は惚けてみせた。

川風がしきりに俊平の鬢をなぶる。

「わたくしは、たとえご側室であろうと、なんの不満もございません」

「それはまずいな」

俊平は、あらためて伊茶を見かえした。

「無理筋というものです」

俊平は、もう一度強く言った。

「なぜでございます?」

「柳生一万石が、同じ一万石の一柳家の姫を、側室になど、とても家格に合いませぬ」

「そのようなことはございません。わたくしは、そのようなことといっこうに気にしておりませぬ」

「一柳家に対して、それでは非礼」

「いいえ。ご正室なしの側室では、実質ご正室も同然ではございませぬか。ご側室お須磨の方が産んだ家重さまを上様は次期将軍と決められております」

「はて、妙な話になったの……」

俊平は、苦笑いして伊茶を見かえした。

猪牙の船頭が、話を聞いていたのか、困ったように堅い表情で棹《さお》を使っている。

「俊平さまが、阿久里さまを忘れることができないのは無理もありません。私も、いつか、俊平さまのお心に踏み込み、阿久里さまを追い出すつもりは毛頭ありません。いつか、ご正室に迎えてもよいと思われる日がくれば、それはそれで嬉しうございます。でも、そうでなくてもかまわないのです」

「姫……」

俊平は、じっと伊茶を見つめた。

川面に映える陽光がまぶしい。

「正直申しますと、こたび伊茶どのが江戸を去られてからというもの、なんとも心やすらぐことのない日々でした。伊茶どのが私にとって大切な女《ひと》であることが、失ってよくわかった。だが……」

俊平に苦しそうに空を見上げた。

「お迷いくださいますな。わたくしが、兄に書状をしたためます。わたくしが俊平さまのご側室になること、どうかお許しくださいと」

「兄上は拒《こば》まれよう……」

「いいえ。兄を説き伏せてみせます。すべて、よいほうに流れていきましょう。わたくしが、またみなさまにびわ茶をお淹れいたします。道場のみなさまと稽古に励みます。みな、一月《ひとつき》前と同じになるのです」

「伊茶姫は、あまりに話が急。一刀両断です。しばらく考えさせてくだされ」

「伊茶は、いつまでもお待ちいたします」

伊茶は嬉しそうにうずいた。

伊茶はもう俊平の心を読んでいる。

俊平が茫然としているうちに、二人を乗せた猪牙舟は、両国橋に近い船着き場に横付けされた。

「さあ、俊平さま」

伊茶が笑って俊平の腕を引く。

「あ、いや……」

俊平は、まだ伊茶が語りかけたことの重大さにたじろぎ、身動きができずにいるのであった。


すでに夕闇がせまる花火工房〈有明屋〉周辺は、先日とはうって変わって人気《ひとけ》なく、ぽつんと静まりかえっていた。

俊平は、伊茶をともない工房の木戸前に歩み寄った。

と、そのひっそりとした工房を、右手、用水桶《ようすいおけ》の陰からうかがう兜巾篠懸《ときんすずかけ》姿の修験者の集団がある。

その数、五人。

「見られよ。伊茶どの。どうやら噂の修験者どもが現れたらしい。なかのようすをうかがっておるようだ。いま鶴姫さまは」

「先ほどお局館を訪ねた時には、段兵衛さまがこちらにお連れすると申されておりまして、すでに到着しておられると思います。あれは、もしや、姫のお命を狙っておる者どもではありますまいか」

伊茶が、険しい表情で男たちを見かえした。

「そうであれば由々《ゆゆ》しきことだが、上様の姫に手出しするほど、黒田継高も有馬氏久も腹が据わってはおるまい」

「そうであればよいのですが」

「おそらく、国表から届いた焚石を嗅ぎまわっているのであろう。なにせ、貫長殿の弟段兵衛がしきりに出入りしておるのだからの」

「ということは、あの一団はまぎれもなく黒田藩の……」

「ふむ、ちとからかってから追い帰してやろう。ここで待っておられよ」

俊平はそう言って、伊茶を後に残し、つかつかと修験者の一団に歩み寄ると、

「おい」

と、いきなり背後から声をかけた。

夕闇の奥から現れた見知らぬ男に声をかけられ、男たちはさすがに驚いて身を固め、俊平を見かえした。

「なんだ、おまえは――」

「なんだ、はあるまい。私はこの花火工房にかかわりのある者だ。何用あってそこに佇み、じっとなかのようすをうかがっておる」

「おまえの知ったことではあるまい」

一団のなかでもひときわ長身の厳《いか》めしい面体《めんてい》の男が、強気な口ぶりで言いかえした。

いきなり声をかけられ、腹を立てたのであろう。

日焼けした浅黒い肌、贅肉を削ぎ落とした岩のようなごつごつした無駄のない体軀《たいく》は、いかにも修験者らしい。

「そうはいかぬな。この工房では、はるばる西国から燃える石を取り寄せ、江戸の人々の生活に役立ててもらおうと準備をしていたのだ。心の狭いどこかの商売人が、はぐれ修験にようすを見てこいと命じたのであろうが、情けないことよ。そも修験者であれば、験力を磨き、なかを透視できるのではないのか。黒田藩領英彦山の修験者というても大したことはないな」

「ううぬ、言わしておけば」

修験者の一団が、揃って錫杖《しゃくじょう》を地にたたきつけ、怒気をあらわにして一歩前に進み出た。

「まあ、落ち着け。話はまだある。藩主黒田継高に仕える黒田藩では、焚石は余って町じゅうの風呂屋でつかっておるそうな。また、瀬戸内《せとうち》の塩田にも焚石を卸《おろ》していると聞く。江戸は広い。販路を広げるなら、ここの工房の新事業に協力し、ともに焚石の販路を広めていくのが良策。それとも、黒田藩の焚石は、この工房で扱うものより、だいぶ質が落ちるか」

「黙れ、何者か知らぬが容赦はせぬ！」

修験者五人が、バラバラッと俊平を囲んだ。

伊茶が、その囲みをくぐって俊平に身を寄せてくる。

「図星《ずぼし》ゆえ、怒ったかな。黒田の殿は、それゆえ三池藩の藩主を貶《おとし》め、罠《わな》を掛けたというわけだな。かつては、天下をうかがう大軍師黒田官兵衛殿の末にしては、肝《きも》の小さいご藩主よ」

「ええい、許しがたき罵詈雑言――！」

厳めしい面体の修験者が錫杖を頭上にはねあげるや、そのまま交互に持ち替えてぶんぶんと風音を立てて旋回させる。

仲間の修験者もそれに合わせ、錫杖を撥ね上げると、その修験者と示し合わせたように、じりじりと間合いを詰めはじめた。

修験者が揃って二人のまわりを旋回しはじめた。

俊平と伊茶も、それにあわせてじりじりと回る。

伊茶が、背を俊平の背に合わせてくる。

長尺の得物《えもの》をいっせいに撃ち込まれれば、さすがに剣では受けきれない。反撃できないまま、打たれるにまかせることはできなかった。

前方、頭上で旋回させていた男の錫杖が、いきなり俊平の頭上に襲いかかった。

それを、俊平が愛刀肥前忠広《ひぜんただひろ》で受けると、すかさず後ろから錫杖が延びてくる。

動きはすべて連携がとれていて、生き物さながら、阿修羅《あしゅら》の腕のごとく、俊平に向かって連続して打ちかかってくるのであった。

体を斜めにしてそれをかわし逃れると、また別の錫杖が撃ち込んでくる。

背後の伊茶が離れている。

俊平は左右に体をかしげて錫杖の一撃から逃れると、全身を鞠《まり》のようにして後方に飛んだ。

伊茶も後方で錫杖をかわして、後方に飛んでいる。

男たちは、さらに一颯《いっさつ》、二颯、三颯と錫杖を浴びせて、すぐに退く。

(これは手強い……)

「伊茶どの。大丈夫か！」

「私は、これに」

後方から、伊茶の高い声がとどく。

俊平は伊茶をかばって駆け寄っていった。

二人が、このしたたかな連携技の内に入ってしまえば、身動きがとれなくなる。

「囲まれては不利。ここは、相手を絞るのです」

「わかりました」

「ちょこざい！」

前の修験者が撃ってくる。

俊平が修験者の内懐に飛び込んで、胴を抜く。

前方の数人は俊平が思いのほか身軽なことに驚き、体勢をととのえ、後方に数歩退いた。

俊平は、なおも前方の男を追った。

俊平を追って背後から別の修験者が迫る。

一瞬一回転して振りかえると、俊平は追ってきた男を袈裟《けさ》に斬った。

伊茶の動きも身軽になっている。前に踏み込んで男たちの小手をたたく。

「待てい！」

大きな声があって、工房の扉が大きく割れ、なかから段兵衛と妙春院が飛び出してきた。

段兵衛は、その体軀によく似合う胴田貫《どうだぬき》を抜き払い、妙春院は得意の薙刀をひっ摑《つか》んで頭上でブンと唸らせる。

俊平と対峙した修験者が、錫杖の猛打をたびたび潜り抜ける俊平にたじろぎ、すでに修験者の連携が乱れはじめている。

俊平は伊茶に駆け寄り、相手の小手をたたく。

それに、段兵衛と妙春院が割って入る。

段兵衛の上段からの一撃に修験者の一人が、錫杖で受けきれず面体《めんてい》を割っている。

長身の修験者が、戦う仲間に向かって叫んだ。

「ええい、退《ひ》け！」

散っていた男たちがこの男のもとに結集し、手負いの仲間を抱えその背に担ぐと、一団は後ろを振りかえり振りかえり去っていった。

それを見送って、俊平は駆け寄って妙春院の腕を取り、

「あれは、黒田藩の回し者。負けてはなりませぬぞ」

俊平に励まされた妙春院がうなずいた。

いつの間にか、俊平の背後に、開け放たれた向こうの土間の戸口で鶴姫が目を輝かせて俊平を見つめている。

「みなさまは、お強いのでございますね」

鶴姫は呆気にとられて言った。

「姫も負けてはなりませぬぞ。きっと姫を上様にお引き合わせいたします。それまでの間、お局さまのところでじっとお過ごしくだされ」

俊平が言えば、

「ご心配なく。私はここがよい。この工房は私にとって実家とよく似た場所、なんとも心が落ち着きます。まことに楽しきところ。辛抱などしておりません」

「さようか」

俊平は、苦笑いして鶴姫を見かえした。

「怪しい者らが、まだうろついておるやもしれませぬ。さあ、なかに」

俊平が鶴姫を誘えば、伊茶姫が眩《まぶ》しそうに俊平を見かえし、段兵衛と妙春院とともに揃って工房にもどっていくのであった。

第四章　黒田《くろだ》廻状《かいじょう》

一

俊平が久しぶりの荒稽古でひと汗流し、昼餉のために本殿中奥にもどってみると、幾品もの料理が載った膳が用意されている。

「慎吾、これは昼餉にはちと贅沢だな。わたしは、一汁二菜でじゅうぶんなのだ」

俊平が目を丸くしてそう言うと、

「いいえ、本日は特別の日なのでございます」

慎吾は、首を振って声を高めた。

「はて、どういうことだ」

「伊茶さまが、膳所に立ち、殿のために特別の昼餉をご用意なされました」

「そのようなこと、求めたおぼえはないぞ」

俊平は、慌てて目の前の膳をまた見まわした。

「そも、伊茶殿は大名家の姫なのだ。御家人の内儀とはわけがちがう」

「心得ておられるようです。小松藩では、そのような形式にとらわれず、姫も直々包《ほう》丁《ちょう》を振るわれているとか」

慎吾は平然とした口調で言う。

「だが、材料はどうした。当家にはそのような良いものは用意しておるまい」

「はい、姫がご持参になり、一刻をかけて作られてございます」

一の膳には飯、汁のほかに刺身と酢の物といった向付《むこうづけ》がならび、煮物が載っている二の膳は吸い物と焼き物である。焼き物は、鱚《きす》の塩焼きに付け焼きの二種である。

「まことに、信じられぬことをなされる」

俊平は唸った。

「ぜひにも、殿に食べていただきたいと」

「だが、膳所の者らは、どうしたのだ」

「みな、当たり前のことのように受け止めております。伊茶さまは、これまでにも、膳所にてびわ茶を淹れておられましたから」

「だが、茶と食膳ではわけがちがう」

「しかしながら、伊茶さまは、事実上奥方さまとなっておられるとみな考えておるようでございます」

「おいおい、奥方さまはあるまい。相手は大名の姫だ。猫の子を貰うのとはちがう。姫は何処《どこ》におられる」

俊平はあきれかえって、声をあげた。

「はて、まだ膳所かと存じまするが、お呼びいたしましょうか」

「う、うむ」

よい香りを立てる膳の料理に鼻を蠢かせ、箸を付けてみた。

「旨い！」

と叫んで俊平は言葉もない。

(これが、あの姫の作というか……！)

剣術遣いの伊茶姫が、このような女らしいことをするとは、俊平にも意外である。

そう言えば、伊茶が作った手料理らしきものを食べたのは、これが初めてであったことに俊平は気づいた。

茫然として、箸をすすめる。

料理はもちろん、汁の味加減も絶妙である。

（これはひょっとして、〈蓬萊屋《ほうらいや》〉の味を越えておるかもしれぬな……）

俊平は、いくども小さな唸り声をあげてあちこちに箸を延ばした。

どれも旨い。

そうこうするうちに、廊下に足音があって、

「お呼びでございましょうか」

すでに道着姿に着替えた別式女の装いの伊茶が、にこにこしながら俊平の前に現れた。

「姫に昼餉の支度をお願いしたおぼえはありませぬぞ。仮にも大名家の姫君に、食事の支度をさせるなど、もったいないこと。私が頼邦殿にしかられる」

「いえ、わたくしが勝手にこしらえたものでございます。どうしてもと申されるなら、お食べにならなくてもいたしかたありません」

伊茶が悲しげに目を伏せた。

「いや、せっかく作っていただいたのだ……」

俊平は強引にそう言ってから、また箸を延ばした。

「お味はいかがでございます」

伊茶はうかがうように黙々と箸を運ぶ俊平に言った。

「いや、旨くて驚いている」

俊平は正直に告白した。

「ならば、俊平さま。たまに、こちらの膳所でわたくしに食事を作らせていただけませぬか。今、料理をつくるのが楽しみになっております」

伊茶が、悪戯《いたずら》っぽい目で俊平をうかがった。

「しかし、伊茶どのは大名家の姫君。他家の膳所に入り込んでそのようなことをしてよいのか」

「よいのでございます。まったく気にしておりません」

「だが、そなたはよくとも、姫を料理人として膳所に招き入れたなど、一柳頼邦殿にしかられてしまいます」

「なんの、兄は国表。それに、みな道場での稽古に熱心で、柳生家に入りびたっていると思うております。いつも藩を空けることの多いわたくしのこと、さして気にもしておりませぬ」

「はて、困った姫だ」

伊茶はちょっと膨れっ面をして俊平を見かえした。

俊平は苦笑いして、やれやれと後ろ首を撫でながら、

「されば、せっかくの手料理。いただくことにいたしましょう」


それから数日後の登城日のこと、下城した俊平が表玄関式台前で駕籠を降りるや、待ちかねたように小姓頭《がしら》の森脇慎吾が奥から飛び出してきて、

「殿、一大事でございます」

と横っとびに俊平に駆け寄ってきた。

「なんだ。あわただしいぞ、慎吾。何事だ」

俊平が諭《さと》すように言ってあらためて問いかえすと、慎吾は駕籠前で片膝を立て、若党、中間《ちゅうげん》をちらりと見やってから、

「道場破りでございます」

震えるような声で言った。

「はて、他流試合は禁じておるが」

俊平はあらためて険しい表情で慎吾を見かえした。

「同門の柳生新陰流にございます」

「なに、それは半兵衛殿か――」

そのまま奥に向かう俊平を追いかけてくる慎吾に、俊平が問いかえした。

「いえ、黒田藩の柳生新陰流の門弟らにございます。いずれも半兵衛様同様、黒田藩流布の古伝柳生新陰流を修めた者どもにて、総勢八名。殿のお許しを得ぬうちはと、甚九郎殿が丁重にお断りなされましたが、同門のこと、ただの稽古試合ではないかと押し切られ……」

慎吾は悔しそうに唇を噛みしめた。

「その者ら、半兵衛殿の紹介ではないのか」

「いえ。半兵衛様のことにはいっさい触れず、同門の者をなぜ拒む、恐れておるのか、などと我らをひたすら嘲る口ぶりにて」

「強気なことを言う輩だ」

「たしかに、半兵衛様の強さを知る我らとしては、いささか緊張いたしましたが」

「その口ぶりではだいぶ苦い思いをしたようだな。話はゆるりと聞く。奥にまいれ」

ひとまず興奮する慎吾を抑え、振りきって着替えをすませて中奥の藩主御座所に腰を据えた。茶を淹れてきた慎吾に、

「まあ、座れ」

と促せば、慎吾は俊平の前にへたり込むように座って口を開いた。

「はて、どこまでお話しいたしましたか……」

慎吾はまだ狼狽《ろうばい》を抑えきれず、言葉をつまらせて俊平に問いかえす。

「それで、結局は道場に上げたのだな」

話を促すように、俊平は慎吾に語りかけた。

「はい。それで、先方の求めにより、勝ち抜き戦にて試合うこととなり、相方が負ければ退き、交替するかたちで行いました」

「して、結果は……」

俊平は試合内容が知りたく慎吾を急《せ》かせた。

「初めのうちは相方とも勝ったり負けたりで、我が方もやや安堵いたしましたが、上位にすすむにつれ、相手の強さが際立ってまいりました」

「そうか――」

俊平は、渋い顔で慎吾を見かえした。

「最後に、わが方は師範代の新垣甚九郎殿が残るのみとなり、相手方は上から三番目で目録という者が現れ、試合いたしましたが、新垣殿が軽々とあしらわれ、敗退いたしました」

「ううむ、新垣までもか」

俊平は、話を聞いて腕を組み厳しい表情で唸った。

江戸柳生と黒田の新陰流には、だいぶ力に開きがあるようだ。

「半兵衛様のこともあり、黒田藩の方々を拒むことはできず、試合を受けたこと、まことにもって申し訳ございません」

慎吾は男泣きに泣き出さんばかりに後悔している。

「なに、慎吾が悪いわけではない」

ひら謝りに謝る慎吾に、俊平は叱る言葉もない。

「段兵衛様か伊茶姫様がいらっしゃれば、このような不甲斐《ふがい》ない結果には至らなかったものと存じます」

「なに、相手が手強いのであれば、いたしかたない。いや、同じ柳生新陰流、これはむしろ喜ぶべきことかもしれぬが」

俊平は、苦笑いして扇子《せんす》を使いはじめた。

「そう思っていただければ、いささか心も晴れまするが、ただ、あの居丈高《いたけだか》な態度は許しがたきもの。同門に対する敬意など微塵《みじん》もありませんでした」

「それで、おとなしく帰っていったのか」

「いいえ、あっ、はい。帰ってはいきましたが……」

慎吾はふたたび顔を伏せ、うつむいた。

「帰りぎわの罵詈雑言も許しがたきものでございました」

「なんと言ったのだ」

俊平は苦笑いして問いかえした。

「江戸柳生が、これほど情けないものであったとは、思いもよらなかったなどと、さんざん口ぎたなく……」

「同門の者をそのように罵倒するとは、礼を知らぬにもほどがある」

さすがに俊平も、詳しく話を聞くにつけ、腹に据えかねてきた。

「まことに我らは他流試合としてあの者らを迎えたつもりはなく、門弟は一様にみな言葉を失いましたが、しだいにむらむらと怒りがこみあげ、なんたる無礼、追っていき斬って捨てるなどと憎悪をあらわにする者も出てまいりました」

「それで」

「私と新垣殿が、懸命に押しとどめました」

「よく辛抱した」

「私は……」

「なんだ、慎吾」

「あの者ら、もはや黒田の新陰流は同門とは断じて思いとうありません」

慎吾は、晴れぬうっぷんに膝を激しくたたいた。

「そうであろう。おまえの気持ちはよくわかる。その者ら、心許した者らだからの。敵意むき出しの罵詈雑言はないものだ」

「どういたしまする」

横で黙って話を聞いていた惣右衛門が、目を剝《む》いて俊平に尋ねた。

惣右衛門は、その折お城にあったので立ち合っていない。

「どうもこうもせぬ。交わした言葉はともかく、こたび稽古試合に負けたのだ。負け犬の遠吠《とおぼ》えにしかなるまい」

「殿、このままでは、門弟のなかには藩籍を捨て、黒田藩邸に殴り込みをかける者も出て来ましょうぞ」

惣右衛門が言う。

「まあ、待て」

俊平はつとめて平静さをよそおい、扇子をつかいながら言った。

「その者らの無礼は、おそらく別の動機があってのことであろうと思う。黒田継高殿の命《めい》で嫌がらせをしているのであろう。それと、負けは、負けだよ。腕の未熟は、認めねばならぬ。悔しければ、初心にかえって腕を磨け」

そう言って慎吾をさらになだめていると、廊下で大きな足音がする。

朝稽古を終え、そのまま〈有明屋〉に向かい姫を警護していた段兵衛が、もどってきたらしい。

「おい、俊平。大変なことになったぞ！」

段兵衛が、激しく声を荒らげて叫んだ。

「いったい、どうしたのだ、段兵衛！」

その混乱ぶりにあきれて俊平は慣れ親しんだ剣の友を見かえした。

「妙なのだ。鶴姫の姿が消えた」

「なに！　委細を話せ」

「ああ、その前に水だ」

段兵衛はどかりと袴の裾をかい込み俊平の前に座ると、慎吾に手をあげて飲み水を頼んだ。

「早く話せ」

待ちかねたように俊平が訊いた。

「話せばちと長くなるが、じつはな……」

段兵衛は、前屈みになって声を落とした。

「上様から、堺の芝辻家に江戸まで出府するよう御沙汰があった」

「上様から……？」

俊平は、わけがわからぬていで段兵衛を見かえした。

「むろん、芝辻殿は商人だ。幕臣でもなければ、武士でもない。上様の命《めい》に従う義理はないが、大坂城代を通じての要請だ。断りきれぬ」

「だが、上様のじきじきの下知《げち》とは妙な話だ。いつのことだ。そのような話、誰が知らせてきた」

俊平はたたみかけて言った。

「幕府の早飛脚が急ぎ送りつけて来て、我が藩の者が芝辻殿から聞いた」

「おぬしの藩と芝辻家は、接触していたのか」

「鶴姫が兄貫長の命運を握っている。堺の芝辻家にもしものことがあってはならぬと、いま大坂蔵屋敷が藩をあげて警備し、またあれこれ相談にも乗ってやっている」

「なるほど」

俊平はうなずいた。

「して、鶴姫が消えたとはどういうことだ」

「まあ、待て」

段兵衛は手を上げて俊平を制し、

「芝辻殿は、今ひどく怯えておられる。なにせ、上様直々のお呼び出しだからな。有馬氏久から姫は偽者と断じられては、天一坊事件の二の舞もありうると見ているのであろう。獄門台が待ち受けていると身を凍らせておるやもしれぬ」

話を聞いて、俊平はふと思い当たることがあった。

「それはない、段兵衛。芝辻殿は利を得ようとしているのではないことは、上様もよくご存じだ。きっと理由があるのであろう」

「だが、それで姫が……」

兄同様興奮性の段兵衛だけに、どうも話が繋がらない。

「芝辻殿が江戸に出府されると伝えると、鶴姫はひどく動揺されての。天一坊事件のことも考えられたようだ。それで、もはや将軍家の姫になろうなどとは欲せぬ。そっとしておいて欲しいと申されていたが、ついに姿を消した」

「なるほどそういうことか」

「はて、上様はなにをお考えか。いきなり芝辻殿を呼びつければ、誰しもそのように怯えように。困ったことになったものだ」

俊平も、率直すぎる吉宗の性格に困惑せざるをえない。

「それでなくても、鶴姫は有馬氏久の入れ知恵で、己の出自《しゅつじ》に自信を失くされておられる。さらに追い詰められた気持ちになってしまわれたのであろう」

段兵衛がしみじみと述懐《じゅっかい》した。

「有馬がなにを姫に吹き込んだのだ」

俊平が問うた。

「一昨日のことだ。氏久の郎党《ろうとう》が突然〈有明屋〉を訪れた。その者の口上では、義兄の氏久が鶴姫に会いたいと申しておるという。鶴姫が対面を断ると、その翌日ふたたび現れ書状を残して帰っていった。鶴姫は、今日になってその書状の内容を、わしと伊茶どのに教えてくれた」

「氏久め、鶴姫になにを伝えたのだ」

「鶴姫は、上様のお胤ではないと書状で伝えてきたのだ」

「その理由《わけ》は――」

「なんでも、上様のお胤の赤児は生まれてすぐに他界し、鶴姫はその後、有馬氏倫が湯殿の女に産ませた子なのだという。養子の氏久が姫を冷遇しつづけたのは、それを知っていたからで、今となっては無慈悲《むじひ》なことをした、済まぬと書いてよこした。とんだ嘘八百の話だが」

「鶴姫は、それを信じられたのだな」

「憎い兄ではあったが、姫はこれまで兄を疑ったことはなかった。それで、そうかもしれぬと思ったのであろう。それに、自分は赤児でその当時のことがわからぬのだから、否定もできまい」

「酷《ひど》いことを言うものよ。有馬と黒田はよう似ておる。悪知恵にはまことに長《た》けた奴らだ」

「そうだの」

段兵衛も大きくうなずいてから、

「鶴姫はまんまと載せられてしもうたようだ。きっと養父の芝辻殿が危ない、自分が姿を消せば、養父の疑いは晴れぬかもしれぬが、断罪もされぬであろうと考えられたのであろう」

「不憫なことをする。鶴姫は、いったいどこに消えたか……」

俊平も、姫の失跡は直接、貫長の死につながるだけにひどく狼狽して頭が回らない。

「これは兄の評定に直結する。今、伊茶どのをはじめ、〈有明屋〉のみなが手分けして懸命に姫を探しているが、まだ行方がつかめぬ。伊茶どのも途方に暮れている」

「鶴姫はいつから姿を見せぬのだ」

「二刻（四時間）ほど前からだ」

　そう言って段兵衛はがくりと肩を落とした。

「だが堺でお育ちの姫が、江戸で行かれるところなどはそうあるまい。お局館は考えてみたか」

「むろん真っ先に伊茶どのが行かれたが、鶴姫はおられぬ。あそこはいつも寝起きしているところだ」

　段兵衛は、すぐに首を振って否定した。

「こうなってはもはや大岡《おおおか》殿にすがるよりないと、伊茶どのは今日はもう少しあちこち探し、明日南町奉行所を訪ねると申されていた」

「上様の大事でもある。大岡殿なら、親身になって相談に乗ってくれよう。これは私も伊茶姫と一緒にまいるとしよう」

「ならば、伊茶どのに伝えておく」

　段兵衛がそう言って急ぎ帰り支度を始めると、

「お取り込み中ですが、さきほどのお話でございますが……」

と慎吾が思い出したように話に割って入った。

「なんだ、慎吾」

「さきほどの黒田藩士でございますが」

慎吾は鶴姫は黒田藩の者に連れ去られたのでは、と話しはじめた。

「なに、黒田の藩士だと」

段兵衛が、カッとして目を剝いた。

大坂の蔵屋敷では段兵衛は、黒田藩士とさんざんもめていたのだ。

「話してやれ、慎吾」

「はい」

俊平がうながすと、慎吾はこの日道場で起こったことを手短に段兵衛に告げた。

「段兵衛さまがおられたらと、悔しくてしかたありません」

慎吾が悲痛な声で叫んだ。

「ええい、小癪な奴らめ。どうせ黒田継高めの差し金であろう」

「おそらくな。黒田殿は、私をどうやら敵としてはっきり意識しているようだ」

「それはそうだろう。菊の間では乾分の有馬氏久と対決したのだからの」

「鶴姫の失跡に黒田藩がからんでいるとすれば大事《おおごと》だ」

俊平が、慎吾を見かえしうなずいた。

「こたびのことは、やはり焚石がらみでございますな」

惣右衛門も言う。

「うむ、それはそうだ」

段兵衛もうなずいた。

「段兵衛、これだけは聞いておきたかった。よいか」

俊平が、もういちど立ち上がろうとする段兵衛を呼び止めた。

「なんでも、訊いてくれ」

「おぬしの兄者のところの焚石だが、はたして黒田継高が目の色を変えるほどのものなのか」

「本格的に掘りはじめれば西国一となろうな」

段兵衛が得意そうに言う。

「黒田藩の物よりもか」

「なんの。あちらの数倍はあろう」

「なるほど、それゆえの邪魔立てか」

俊平は、ようやく納得ができたと膝を打った。

「こたびの有馬氏久の嫌がらせも、元をただせば焚石の販路争いだ。これからも、黒田の動きから目は離せぬぞ」

「わしもそう思う。兄者も鶴姫も、とんだとばっちりを受けたものだ。そのためにもこたびの一件、なんとか二人を守ってやらねば。それと、その道場破りの一件だ。柳生新陰流の名誉のためにも、わしが懲《こ》らしめてやらねばな」

「その心意気だ。だが相手は手強いぞ」

「なんの、負けぬわ」

段兵衛はそう豪語し、慎吾の淹れた茶を咽の奥に流し込むと、

「とまれ、〈有明屋〉の連中に鶴姫探しをまかせておくわけにもいかぬ。わしはこれから〈有明屋〉にもどる」

段兵衛は、俊平にそう言ってうなずき、大刀をわし摑みにして立ち上がった。

二

その翌日、俊平と伊茶は、揃って江戸城外郭、数寄屋橋《すきやばし》御門脇の南町奉行所に、大岡忠相を訪ねた。

南町奉行所の表門は左右に番所櫓《ばんしょやぐら》のついた黒い渋塗《しぶぬ》りの長屋門《ながやもん》で、海鼠壁《なまこかべ》の白さ

とくっきりと対比し、その凛《りん》とした風情を醸《かも》し出している。

周囲の堀は深く、石垣も几帳面《きちょうめん》に積み上げられて、堀の上には黒松が伸び、堀水にきれいに映っていた。

玄関まで真っ直ぐに石畳が延び、那智黒《なちぐろ》の玉砂利《たまじゃり》が敷きつめられ、左右きれいに磨き込まれた天水桶が山型に積んである。

門衛に案内を頼み、奉行の役宅に向かう。

訪問は前もって知らせていたので、忠相はすぐに玄関でこの大名家の二人を丁重に迎えた。

「はて、伊予小松家の参勤は、格別短期間でござったか」

忠相はにやにや笑いながら、伊茶に問いかけた。

「いえ、一年でございます。私だけ江戸にもどってまいりました」

伊茶が、忠相の冗談をうけ流し真顔になって言う。

奥の間に通した忠相は、また伊茶姫をめずらしそうに見かえした。

「伊茶どのは、やはり江戸が離れがたいようでござるな。それとも……」

忠相はちらと俊平を見かえし、ちょっと大げさに探るような眼差しを伊茶に向けた。

「大岡さまは、意地悪でございます」

伊茶姫は、頬を膨《ふく》らませて怒った。

「あいや、これは」

忠相は、頭を掻いて笑いとばした。

「本日はそのようなお話ではなく……」

姫は冗談を早々にきりあげて、真剣な表情で忠相に膝を詰めた。

「あいや、わかっております。鶴姫さまのことでございましょう」

忠相は、手をあげて伊茶を制すると、あらたまった顔になって姫を見かえした。

「なぜそれをご存じなのです」

「上様からお聞きしております。何か私にできることは」

「じつは鶴姫さまがどこかに行かれてしまったのです」

「なんと」

忠相は茫然と伊茶を見かえした。

「それで、町奉行所でも探していただけないかと」

「はて、それは困りました」

忠相は、一変して険しい表情をつくり、俊平にも目を向けた。

「なにか、ありましたか」

「上様が、養父の芝辻殿へ、江戸出府を命じられたゆえと聞いております」

俊平が思うままを忠相に告げた。

「それなら、姫の誤解でござろう。心配はござらぬ」

忠相は、安堵して膝を撫でた。

「上様は、堺の芝辻家が大坂の役の折、西軍の知将真田信繁の注文を受け、連発銃を製造していたことにいたく興味を示しておられます。上様はおそらくそのことをお聞きになりたいのでしょう。姫は、誤解なされておられる」

「やはり、そのことでしたか」

俊平も、得心してうなずいた。

「上様は、なにやら真剣にそのことをお考えです。連発銃となれば、今の軍制を一変させるほどの威力を発揮したもの。芝辻殿に、ぜひともその馬上筒の制作を依頼したいと思っておられるようでござる」

「早く、鶴姫に報せてやらねばならぬ。姫は自分のために養父が罰せられるのではと恐れておられるのです。そのために行方をくらましたと思われます」

「それは、まことにもって大変な誤解だ」

「大岡さま、お奉行さまの勘として、姫はどちらにお隠れになったと思われまするか。

よろしかったら、お考えをお聞かせくださいませ」

伊茶が、忠相と向かいあい、膝を詰めた。

「はて、それがしにも姫の行方はわかりかねます。なにせ、鶴姫様はわずか御歳《おん》十三の折に伊勢西条の陣屋を飛び出されたほどのお方と聞きおよびます。無茶なことはたいがいなさりましょう。私は南町奉行ですが、与力でも同心でもありませぬ。現場の知恵は持ち合わせておりませぬでな。ただ、姫にとって江戸はまだ慣れぬ土地、それに十や十五の小娘ではない。行くあてもなく家出なされたとすれば、行くところはせいぜい限られると思われまする。江戸で接触した方は、どなたかおられますか」

忠相が俊平に問いかけた。

「はて、小刀屋の職人親子とは、よく語り合っておられましたな」

「なるほど」

忠相は膝を打ってうなずいた。

「されば、その小刀職人のもとに」

「行かれたかもしれぬ。思いもよらぬことだが、考えてみればじゅうぶんありうることだ」

俊平も納得して膝を打った。

「それはどのような方々です」

忠相の双眸が鋭く見開かれた。

「鍛冶町の小刀造りで上州屋佐門というお方です。その佐門殿とその息子と話している姫の姿を見ておりますが、まことに楽しそうであった。なるほど、あの店に向かったとしても不思議はない」

俊平が伊茶と顔を見あわせてうなずいた。

「それは、ありえますな」

大岡忠相も得心して首肯《しゆこう》する。

「姫にとっては安息のひとときであろう。そっとしておいてさしあげたいが、そうもいかぬ。されば、明日にでもその店を訪ね、姫をお局さまのところに連れもどすことにしよう」

俊平が伊茶に同意を求めた。

「それがよろしうございましょう。鶴姫からあの店をうばってしまえば、どこにお逃げになってしまうかわかりません。しかし、俊平さま。こたびはむしろ、私どもの伊予小松藩邸にお匿いいたしたほうが……」

「それはよいが……」

「昨日の修験者との争いに姫は衝撃を受けておりました。危ないからと説得すれば、きっと聞いてくだされましょう」

「なに、姫の周辺に危難が及んでおりますか」

忠相が、驚いて伊茶を見かえした。

「いえ、直接姫にではなく、鶴姫が遊びに行かれた柳河藩の姫の店ですが」

「なにやら危のうございますな。黒田藩との争いはそれがしも聞いております。店に奉行所のほうから警護の者を派遣いたしましょう」

「いえ、見つかったと思えば、今度はどこにお逃げになるか知れませぬ」

伊茶が言った。

「いずれにしても、ここは上様の胸先三寸でございます。上様が早く姫をお認めになれば、それでよいのでございます」

伊茶が、そう言って忠相を見かえした。忠相にも、将軍吉宗の決断を促してほしいらしい。

「まことにもって」

忠相は困ったように伊茶姫を見るのであった。

「ただ、上様はこたびのことを慎重にご対応なさらねばならぬと思っておられます。

まかりまちがえば、幕府への民の信頼を損ねることにもなりかねます。確信をお与えするなにかがほしいところ」

忠相が厳しい口調で断じ、考え込んだ。

「忠相殿、さればちと思案があります」

俊平が、にやりと笑って身を乗り出した。

「はて、なんでござろう」

「鶴姫は、やさしいお心の持ち主。病を得た縁者への心遣いも、おありでございます。伊茶どのが姫を小石川《こいしかわ》の御薬園にお連れし、びわの栽培や貧しい者たちへの治療風景をお見せすれば、おそらくこれをすすめる上様のおやさしいお人柄もご理解なされましょう」

「なるほどな。さらにそこで上様とご対面いただきますか」

忠相がそう言って目を輝かせた。

「それは、まことによいお考えでございます。その大事なお役目、ぜひにもわたくしにつとめさせてくださいませ」

伊茶姫が、さらに膝を乗り出した。

「なに、周辺の者には奇異なこととは映りますまい。これまでにも上様は、たびたび小石川養生所《ようじょうしょ》にお忍びで足をお運びになられています。公式のご対面でなく、たまたまそこで出会ったことにし、姫のお人柄を確かめていただけばよろしうございましょう。それに、じかに姫にお会いなされば、記憶の淵《ふち》からなにか甦《よみがえ》るものがあるやもしれませぬ」

俊平も忠相も伊茶の話にうなずくよりなかった。

「ご対面といえば、鶴姫さまの幼き日のお体の特徴について、記した物が紛失してしまったとの話でございましたな。その後、見つかりましたか」

忠相が、俊平に訊ねた。

「有馬氏久殿が、処分されたか、隠しておられるかもしれません」

俊平が怒りを押さえて、忠相に冷静に伝えた。

「困ったお方だ……」

忠相が、苦りきったように顔を歪めて言った。

「とまれ、小石川養生所でのご対面、ぜひとも実現したいものです。上様に、それがしからご進言申し上げましょう。その話は、相手方に気取られぬよう、内々に話をすすめさせていただきます」

「それは大いに頼もしい。ぜひにも、我が友立花貫長殿の助命、大岡殿にもお頼みしたい」

俊平が、忠相をまっすぐに見かえし頭を下げた。

「そのようなことおやめくだされ。柳生様、わたくしと柳生様の仲だ。柳生様が親しき立花殿の苦境を案ずるお心、手に取るようによくわかります」

「なんとも、ありがたきことを申される」

俊平は相好を崩して忠相に微笑みかけた。

「さてその前に、鶴姫様探しです。つかぬことをうかがうが、忠相殿の配下で、神田鍛冶町周辺に詳しい同心はご存じか」

「なにゆえ、道案内を」

「私と伊茶どのが辺りを徘徊しておれば、先に見つけられ、どこかに逃げられてしまうおそれがあります。その辺りに詳しい方に先に調べておいていただければ助かります」

「それがよろしかろうと思います」

伊茶も同意した。

「それなら、外廻りの同心で篠田啓次郎《しのだけいじろう》なる者がおります。あの辺りは、詳しかろうと存ずる。ご案内させましょう」

「それはありがたい」

力添えに礼をのべ、大岡の役宅を出れば、すでに夕刻で、姫は名残惜《なごり》しそうに俊平に腕をまわしてくる。

「姫、では明日。本日はこれにて――」

俊平は突き放すように姫に言った。

「俊平さま、申しあげておきます。わたくしは側室でけっこうなのでございます」

伊茶はぽつんとそれだけ言って、後を振りかえることもなく駆け出していった。

三

その翌日、大岡忠相の命《めい》を受けた同心篠田啓次郎が俊平と伊茶を迎えに来た。玄関の式台に堅い表情で待ち構えていた。

同心らしい一本差し、見るからに融通のきかなそうな男だが、さすがに江戸の町には通じているようすが、その陽に焼けした角顔でうかがい知れる。

大岡忠相によれば、

――根っからの同心で、堅物だが命令には忠実、ご自由にお使いなされよ。

とのことである。

辻駕籠を連ねて神田に向かう。

同心は駕籠から下りると、迷うことなく鍛冶町方面に歩きだした。

「こちらの一帯が神田鍛冶町でございます」

同心篠田は、得意気に俊平に説明した。

昔からの職人町で、繁華な町並となっているが、大通りを一歩入ると、小さな路地が入り組んでいて、容易に抜け出せない。

辺りは、溶かした鉄の粉塵《ふんじん》臭く、町全体が熱気に包まれ、むせかえっている。

子供が飛び出して来て、帯刀する三人を怪訝そうに見かえして立ち去った。

なるほど、ここは職人の町らしい。

「これで、どうやって〈上州屋佐門〉の店に辿りつけるのか」

と俊平が困り顔になると、篠田は、

「ご心配なく、昨日すでにそれがしが見当をつけておきました。これよりご案内いたします」

そう言って、二人を先導して歩きはじめた。

なるほどなかなか役に立つ有能な男である。

鉄を打つ高い音、開け放たれた工房の戸口からはわっと熱風が襲いかかる。

「あの用水桶の先でございます」

篠田が前方を指さして言った。

さらに十間ばかり先に行くと界隈では比較的大きな鍛冶屋の工房が並んでいて、木戸が開け放たれている。

「あまり姫を刺激してはならぬのでは。私はこのような町方の格好でございますので、ここで失礼いたします」

篠田はここまで送ってきたというのに、あいかわらず堅苦しい口ぶりで二人に挨拶して帰っていった。

俊平と伊茶は目を見あわせ、店の前に立つと、なかに人の気配がある。ゆっくりとすすんで土間をのぞくと、鶴姫と伝次が話をしているところであった。

「もし、姫さま」

伊茶が鶴姫の後ろ姿に声をかけた。

「あっ」

姫は小さく声をあげて、

「見つかってしまいました」

あきらめたように言った。

「あいすみません、柳生様」

伝次が大きく頭を下げた。

「私は帰る気持ちはありません」

鶴姫が俊平をキッと睨みつけた。

「姫の気持ちを考えてやってはいただけませんか。姫は養父の芝辻祥右衛門さまを助けてあげたい一心なのです。どうかこのまま見すごしてください」

「伝次さん、そうじゃないのだ」

俊平が言った。

「姫は誤解している」

「誤解……？」

「上様は、芝辻祥右衛門殿を咎めようとするつもりなどはない。昔のある鉄砲を再現するためにお呼び出しになったのです」

「ほんとうですか」

鶴姫が俊平を見かえした。

「まことでございますよ。鶴姫さま」

伊茶が俊平に代わって言った。

「姫さま、わたくしから逃げようとしたことはいたしかたありません」

二人に見つかってしまい黙ってうつむく鶴姫に、伊茶はそう言って腕を取った。

「理由はわかっております。お父上さまのことをご心配なされたのでしょう」

俊平が訊いた。

「はい……。あいすみませぬ。行方不明になれば、養父芝辻祥右衛門の罪咎は問われまいと思ったのです」

「それなれば、もうよいのです。鶴姫の養父を思うやさしい気持ちはとても貴いもの」

俊平が一歩近づいて姫の腕を取った。

「ただ、お逃げになることはよくない。姫はなにも悪いことをしてはおられぬのでは。芝辻祥右衛門殿もです」

「でも、わたくしは、鶴姫ではないかもしれないのです」

「聞いております。有馬氏久殿ですね」

「これがそうです」

鶴姫は懐から氏久の書状を取り出し俊平に見せた。

「いや、読むまでもない。有馬氏久は嘘をついている」

「嘘……？」

「有馬氏久の背後には、黒田藩主の継高殿が控えているのです。黒田藩にとっては、妙春院どのがこれから商う三池藩の焚石が目の上の瘤《こぶ》。そのため、藩主立花貫長殿を追い落とそうと必死なのです」

「というても……」

「おわかりになりにくい話ですが、貫長殿の助命は姫の江戸ご帰還が上様の条件になっているのです」

「でも……。兄は私の知らないこともたくさん知っています。私は有馬氏倫と湯殿の女の間にできた娘とのことです。それゆえ、軽蔑《けいべつ》しつらく当たったと申しておりました。私には、確かめようもない……」

「あの男は息をするように嘘をつく。上様にさえ、そう申し立てたそうです。だが、上様はあの男を信用されておられぬ」

「養父は、けっして罪に問われるのではないのですね」

「そうです。私をお信じください」

俊平は鶴姫の肩に手をかけて言った。

「でも……」

鶴姫は、困ったように伝次を見かえした。

伝次は俊平に一礼し、

「もしそうなら、姫さま。逃げ隠れしちゃいけない。上様が娘に会いたがるのは人情。人情に上も下もない。会ってさしあげるのは親孝行ってもんだ。上様のもとから、大名家に嫁ぐのがお嫌なら、町で暮らすのもいいだろう、なあ」

佐門が息子の伝次に語りかけた。

「もちろんだ。鶴姫さんが町で暮らしたいのなら、この家で仕事をしてもらったらいい。うちは、大いに助かる」

伝次が、そう言うと腕を取って鶴姫をじっと見つめた。

「姫は賢い人だ。芝辻の家の凄い鍛冶屋の技をぜんぶ覚えている。教えてもらえたらほんとうにありがてえ」

佐門が言う。

「ほう」

俊平は、伊茶と顔を見あわせた。

俊平は、鶴姫が短い間にそこまでこの一家と親しくなっているのが意外だった。

「あらためて、鶴姫さまにお訊ねしたい。上様は、お生まれになった鶴姫さまを有馬氏倫に託すにあたって、なにか体の印のようなものを記したものを氏倫殿に残しておくよう命じられたそうです。そのような物はお手元にござりませぬか」

「存じません。あたくしの手にあるものといえば、古いお守りがひとつと懐刀ひと振り」

「お守りはこれでございます」

鶴姫は襟元《えりもと》を開き、朱紐《しゆひも》で首に吊るした小ぶりの守り袋を取り出した。鮮やかな錦の守り袋で、〈新義真言宗根来寺〉と記されている。

「ほう、根来寺の守り袋ですか。されば、当時の紀州藩主の上様が姫に託されたものかもしれない。なかをあらためてよろしいか」

「かまいません」

「これまでに、なかを開けたことは?」

「お守りは、なかをあらためるべきものではないと教えられてきました。これまでに、一度として」

俊平が急ぎなかから木札を取り出す。

「これは、義父有馬氏倫が私に与えたものと聞きおよびます」

だが、他にはなにも入っていない。

「なにか書付のようなものが入っているかと思ったが……」

俊平が、残念そうに木札をなかにもどし、

「ともあれ、ここは危ない。黒田の手の者が動いています」

「たしかにここは、姫にとって大切なくつろぎの場のようだ。だが、まずはお局館に。あそこなら、段兵衛、伊茶どの、妙春院どのでお守りすることができます」

「嫌でございます」

「佐門殿に、ご迷惑がかかる」

「いやァ、うちはいいんだが、たしかにうちじゃ姫様を守りきれねえかもしれねえ」

佐門が伝次と顔を見あわせた。

伝次が残念そうにうつむく。

「姫さま。ならばいっそ我が屋敷にお越しくださいませ」

伊茶が、鶴姫の手をとって誘いかけた。

「でも、大名屋敷など……」

鶴姫は、苦しい記憶をよみがえらせたか、眉を曇らせた。

「姫にとって大名屋敷は辛い思い出ばかりでしょう。でも、小松藩はみな家族同然、お気軽に過ごせると思います」

「ほんとうに……？」

鶴姫は、困惑の表情を見せたが、

「ほんとうです。うちでは馬屋の家族とも親しくしています」

伊茶は、安南《あんなん》の巨象を任された一柳家の与作《よさく》を思い出して笑った。

「では、お世話になります……」

鶴姫は不安そうに伊茶の手を握りかえした。

「姫さま。落ち着かれましたら、わたくしとともに小石川御薬園に行ってみませぬか。とても爽やかなよいところでございます。お気持ちも晴れましょう」

「そこには、なにがあるのです？」

「わたくしの植えたびわの木が、すくすくと育っております。びわは、大昔から養生のために大変よい薬になると言われております。また、近くの小石川養生所には、病を得ながら、治療のための手立てのない江戸の民《たみ》を大勢収容しております。この養生所は上様の発案で建てられたもの。上様はとても心お優しいお方なのでございます。行けば、きっとお人柄も知れましょう」

「まことに……？」

「まことでございます」

鶴姫はふたたびうつむいてから、

「父は、私を捨てた冷たいお方と思うておりましたが、まことにそのようなお心をお持ちだったのでしたら、とても嬉しく思います」

鶴姫が、明るい眼差しで伊茶を見かえした。

「さようでございます。民の声をお聞きになるための目安箱《めやすばこ》を設け、下々《しもじも》の苦労を我がことのように受けとめておられます」

「ならば、その小石川御薬園とやらに、いちどぜひ行ってみとうございます」

鶴姫が、目を輝かせて伊茶の手をとった。

「されば、今宵はひとまず伊予小松藩邸に」

「心得ました」

鶴姫が、名残惜しそうに伝次を見かえした。

「残念だが、姫さまの無事がなによりだ。また来てくだせえよ」

伝次がそう言うと、姫は嬉しそうに頰を染めうつむいた。

姫が帰り支度を始めると、外が騒がしい。

ぼんやりと夜の闇の奥が明るい。時折、煽《あお》られるように紅く窓辺の庭が照り映える。

「こいつは、火事だぜッ！」

佐門がすばやく言い放つや、伝次が表のようすを見に飛び出して行った。

「隣の源三《げんぞう》さんのところから火が出てる！」

伝次が、表から大きな声で叫ぶ。

「妙だな。あいつは、仲間うちじゃ一番火元に気を使う男だ」

佐門が首を傾げた。

「付け火かもしれませんぜ」

伝次が慌ててもどってきて俊平に言った。

「付け火！」

伝次を追って俊平も外に飛び出してみると、隣家から火の手が上がっている。開け放たれた源三の鍛冶場からではなく、内庭の炭置き場辺りかららしい。

「手を貸してやれ。まだ、なんとかなるかもしれねえ」

佐門が家のなかから伝次につたえると、伝次が水桶に向かって駆けていく。

俊平は佐門の家にとってかえすと、鶴姫の姿を追った。

姫は恐怖に工房の片隅で身を凍らせている。

「鶴姫、ここは危ない。ここを離れてくだされ！」

鶴姫を強く促し、姫の手を引くと、

「わたくしは、付け火の下手人《げしゅにん》を探すのを、お手伝いします」

伊茶姫が伝次の後を追って出ていった。

「伊茶どの、危ない！」

俊平が伊茶を追って鶴姫と外に飛び出していくと、すでに源三の家からは濛々《もうもう》と黒煙が立ち上り、鍛冶屋仲間が駆けつけ、しきりに用水桶の水を掛けている。

そのなかに伝次の姿があった。

「伝次さん！」

鶴姫は、伝次を追って黒煙のなかに入って行った。

「危ない。鶴姫ッ！」

伊茶と俊平が、慌てて後を追う。

周辺は濛々たる火炎地獄と化していた。

呑気《のんき》な火事場見物がどっと押し寄せてくる。

木製の放水車〈竜吐水《りゅうどすい》〉が群集をかき分けて、こちらに向かってくる。

と、鶴姫らしい女の悲鳴が聞こえた。

「伊茶どの、あれを見よ」

黒煙の向こうに、小袖に野袴の浪人たちの姿がある。

鶴姫が、担がれていた。

「いかん！」

俊平と伊茶がその後を追おうとすると、いきなり黒煙が二人を呑み込んだ。

ひどくむせる。ようやく煙から逃れて人だかりの外に出ると、さきほどの浪人風の男たちの群が、駆けていくのが見えた。

「あれに！」

「追いましょう。俊平さま」

伊茶が、刀の柄頭《つかがしら》を抑えて駆けだした。俊平がすぐその後ろを追う。

夕闇がとっぷりと降り、町は半ば灯りが消えている。

夜陰を縫うようにして浪人らが逃げていくのがようやく見えた。

町屋の間に、ぽつんと古い寺がある。

門脇の破れ土塀の間から雑草がのぞいている。

月が雲間から吐き出されている。その白い光に照らされて逃げていく男たちの姿が小さく見えていた。

俊平と伊茶は、男たちの後を追って門のなかに入った。

俊平はいきなり後ろに気配を感じた。

くちかけた寺の本堂の前にさきほどの浪人者が三人、、後方に三人。俊平と伊茶は囲まれたことに気づいた。

おそらく柳生道場に殴り込みをかけてきた黒田藩の新陰流の遣い手であろう。

俊平が、すばやく鞘ばしらせると、男たちが数歩退いた。俊平の腕は知っているらしい。

鶴姫を肩に担いだ大男はその背後にいる。

いずれも、只者《ただもの》ではない身のこなしの腕達者らしい。

「俊平さま、これはどうやらおびき寄せられたようです」

「そのようだな、面白い」

男たちが、いっせいに鞘音を立てて抜刀した。

鶴姫は、担いだ男の背で気を失ってしまったのか、ぐったりしている。

「伊茶どの。こ奴らには気をつけられよ。いずれも手強い」

「なんの。負けはいたしません」

「されば、背を合わせて」

伊茶が背後に回る。

一団が、数歩間合いを詰めた。

夜空が明るい。どうやら佐門の鍛冶場の隣家から出火した炎は、だいぶ燃え広がっているようだ。

「うぬら、黒田の者だな——」

返答はない。

「痴《し》れ者ら。名を名乗れ」

伊茶が、夜陰の奥のいくつかの人影に向かって叫んだ。

「名は、名乗れぬ」

そのなかの大きな影となる男が言った。

「おぬしが、誰かは我らは知らぬ。ただ、死出の旅に出ることを見とどけた。その何処かの女剣士とともに」

左手の男が言った。

誘い出された以上、この男は俊平と伊茶を当然知っているはずである。

「手筋を見ればその方らが、何流を修めたかはすぐにわかる。同じ柳生新陰流を修めながら、同門の者に数を頼んで襲いかかるとは、卑怯千万《ひきょうせんばん》」

俊平は、もういちど闇の奥の人影をぐるりと、ねめまわした。

「藩命なれば、いたしかたないのだ」

俊平の正面に立つ男が声を鎮めて言った。

「二言めには藩命か。人である前に藩の奴隷《どれい》か。だがそうたやすくは斬れぬぞ」

「俊平さま……」

伊茶も、道場破りの一党の腕前は伝え聞いているので、さすがに体をこわばらせている。

「なに、こ奴らは己の剣に誇りがある。集団で撃ってくることはせぬ」

俊平が、小声で背後の伊茶に言った。

「ならば、どうしたら……」

「一人一人と勝負するつもりで闘うのだ。それなら、きっと活路も開けよう」

「ただわたくしは、夜目があまり……」

「私もだ。ならば影だけを読まれるがよい」

「えっ」

伊茶が驚いて、俊平を一瞬振りかえった。その先を、囲みがまたじりっと動く。

「背をしっかり合わせるのだ。そうせねば、隙ができる。呼吸を合わせるのだ」

「はい」

伊茶が、背を押しつけてくる。

その背が熱い。

「これは面白い。こ奴らは、私と伊茶どのの呼吸が合っているので困惑しているようだ。容易には撃ち込んでこられぬようだ」

俊平が、隙を見てすっと前に出た。

誘いの一手である。

前の男が動いた。

俊平は前に踏み込み、上段からの一撃を刀の物打《ものう》ちで受けとめると、火の粉がパッと闇に散った。

男は、刀を翻《ひるがえ》し、剣を舞いあげてふたたび上段から撃ち込んでくる。

体をたがいちがいにして、俊平は前に踏み込み、相手の第二撃を逃れると、そのまま袈裟に斬って捨てる。

どうせ闇夜に近い。

俊平は、ほとんど相手を見ていない。影の動きと呼吸だけを読んでいる。

伊茶にも斬撃《ざんげき》が及んでいるようであった。

相手の刀身を弾き返し、一刀両断に撃ちつけている。

新陰流とばかり思っていた相手は、その刃を受けきれず、もんどりうって地に崩れた。

俊平と伊茶の反撃に男たちが気圧《けお》され、隙が目立ってきている。

柳生新陰流の型が、すっかり崩れて腰が後ろに退かれ、顎が前のめりに出ているのがその影でわかる。

「うぬら、まだまだ稽古が足りぬな」

「おのれっ！」

焦った男たちが、闇雲《やみくも》に撃ちかかった。

俊平は体をひらき、さっと横にかわして小手を打つ。

骨が泣いた。だが峰打ちである。

俊平は、すかさず小柄《こづか》を抜き払い、鶴姫をかつぐ男の太股《ふともも》に打ちつけた。

男は、左足から沈み込み姫を投げ出した。

「ええい、逃げろ！」

誰かが叫んだ。

一党が黒い団塊《だんかい》となって闇のなかに遠ざかっていく。

「待ていッ！」

伊茶が、その後を数歩追ってすぐに俊平のもとにもどって、

「残念です。逃げ足が速い」

「この闇では無理だ」

闇の向こうで鶴姫が意識を取りもどし、呻いているのがわかった。

「姫、お怪我は」

伊茶が駆けより、境内の石畳の上の鶴姫を俊平が両腕を取って抱き起こす。

「わたくしは、大丈夫です」

鶴姫が、冷静な口ぶりで応じた。

「お二人こそ、ご無事で」

「私たちは簡単には敗《やぶ》れない」

雲間からの月光だけが、おぼろに境内を浮かび上がらせている。

「いったい何者だったのでしょう。やはり、黒田藩の新陰流の門人でしょうか」

「おそらく。あの太刀筋は柳生新陰流のものであった。しかも、かなり豪の者。甚九郎が苦戦したのもわかる」

「しかし、さすがに誇り高き柳生新陰流の門弟でございました。集団戦法を取らなか

ったのは幸いでございました」

「いや、命拾いした」

俊平は、目を細めて彼方の夜空を焦がす遠い火炎を望んだ。

半鐘が鳴り響き、微かに野次馬たちの騒ぐ声が聞こえてくる。

炎の勢いは、ようやく弱まっているようであった。

四

久しぶりに道場の段兵衛と荒稽古して汗を流した俊平のもとに、黒田藩主黒田継高からいきなり書状が送りつけられてきたのは、神田の古寺での攻防があった三日後のことであった。

「大胆不敵なことをする」

段兵衛は、俊平が封を切る前から怒りをあらわにした。

したたる汗を拭い、書状を開く。太い筆先で力強く書き込まれた文字が書状いっぱいに躍っている。

時候の挨拶もそこそこに、継高が書きつけてきた内容は依頼状であった。

——当藩には、柳生新陰流古流の道統が脈々と流れているが、師もなきまま根無しの我流に陥るおそれあり、将軍家剣術指南役たる柳生殿に、ぜひとも当藩の指南役を推挙《すいきょ》してほしい。

とある。

「これは——」

段兵衛が怒りをこらえて俊平に問いかけた。

「なに、道場破りをして、当道場の腕を承知で書きよこしておる。我が江戸柳生を嘲《あざ》笑《わら》うつもりであろう」

「なんとも心憎いまねを。人がおらぬでは恥の上塗りとなる」

段兵衛が蟇肌竹刀の先で床を荒々しくたたいた。

「推挙しようにも、人がおらぬ。甚九郎が敗れてしまった」

「どうする。ならば、わしがゆくぞ」

「それはまずい。おぬしが立花貫長の弟であることは、とうに承知しておろう。飛んで火にいるなんとやらだ。それに、どのような罠が待ち構えておるか知れたものではない」

「ならば、どうするのだ」

「やむをえぬ。当方は将軍家剣術指南役、他藩に指南役を出すことは将軍家に対して遠慮があり、それはできぬとでも書いて断るよりない」

「だが、悔しいの。これを断れば、知恵者の黒田のこと、どのような言を弄《ろう》して腰抜けと嘲るか知れぬ」

「いたしかたあるまい。当方にはたしかに人がおらぬのだ」

そんな話を段兵衛と交わし、その日、苦々しい思いで俊平が黒田継高のもとに返書を送りつけると、さらに数日後黒田継高からの返書がきた。

柳生藩邸に主の書状を届けてきたのは、なんと先日道場破りで甚九郎を倒した男で、

――柳生道場に人がおらぬことは承知のうえ。なんならご藩主直々にご指南いただいてもよいが、それでは将軍家に非礼に当たる。せめて、ご藩主にご指名いただいた高弟に一手なりともご指南いただきたい。

という。

書状を開いてみれば、ふたたび継高の太い勢いのある筆致で、

――将軍家指南役の柳生道場にはご藩主が推挙すべき門弟もいないらしい。それで、将軍家剣術指南役の大任が果たせようか。これは見過ごすことのできぬ事態と存ずる。このこと、上様にお伝えするとともに、黒田藩主催の江戸の留守居役寄合にて、この

事実を廻状にて諸藩に伝え、問題といたす。

といった趣旨の内容がつづられている。

「なんと、いまいましいではございませぬか」

惣右衛門が怒りに震えると、

「さればこの私が、黒田藩にて立ち合ってこよう」

と、俊平が立ち上がった。

「それはいけませせぬ」

「なぜだ」

「もしものことがあれば、将軍家に傷がつきます」

「そうだの。無念だがいたしかたない。黒田藩道場にどのような罠が待ちうけておるやもしれぬ」

「それにしても悔しうございます。ところで噂によれば、黒田藩が主催する留守居役寄合には大小の大名数十家が集《つど》い、そこでかわされる〈黒田廻状〉は幕府も一目《いちもく》置くものとされております」

「一目置く。なぜだ」

「あることないこと、罵詈雑言が面白おかしく廻状内に交わされ、対象となった大名は、迷惑をこうむっておるとか。幕閣もここでの評判は大いに気になるところといわれております」

「つまり、あの菊の間で有馬氏久が茂氏殿や貫長殿へ放った罵詈雑言と同じようなものを廻状に載せているということだな」

「そのようにございます」

「これは、とんだことになったたな」

そうはいったところで、俊平にこれを諌める手立てはない。

いまいましいが、黒田継高の悪知恵は、さすが軍師であった先祖の黒田官兵衛(如水)譲りのものか。だが、問題は上様との信頼関係で、継高は篤く信頼されているというが、継高の悪行を承知で交わっている上様なのであるから、ある意味で上様が上。心配するほどのこともあるまいとも思えるのであった。


それからさらに数日経って、一万石同盟の喜連川茂氏から、

——ぜひともお耳に入れたき儀あり、〈蓬萊屋〉に来られたし。

との走り書きが茂氏の用人の手によって柳生藩邸に届けられた。

貫長の刃傷事件からこの方、俊平にとっても落ち着いた日はなく、〈蓬萊屋〉にも

しばらく足を向けていなかっただけに、俊平は息抜きもかねて軽い足どりで深川《ふかがわ》に向かった。

「まあ、柳生さま、お久しぶりでございますこと」

と、梅次《うめじ》に毒づかれて苦笑いするが、貫長のことは茂氏から聞いているのか、梅次も心配そうな顔を俊平に向けた。

梅次に手を引かれて離れの間に渡ってみると、茂氏はすでに座に着いており、女たちの間に用人がぽつりと堅い表情で控えている。

驚いたことに、玉十郎が同席していた。

「いやはや、それがし、こたびのことでは、ご迷惑をかけておる」

茂氏は俊平が座に着くなり頭を下げた。

「はて、茂氏殿がなにゆえ」

「いや、有馬氏久とのもめごとの発端は、わしが菊の間で貫長殿と大声で話していたからであった。わしのせいで、もし貫長殿が腹を切ることにでもなれば、わしとて、生きておれぬ」

「なんの。あれは茂氏殿のせいではない。あの氏久め、貫長殿を挑発する機会を狙っていたのだ」

「その話、聞いた。焚石を巡る争いであろう。だが、きっかけを与えたのはわしだ。すまぬ思いでいっぱいだよ」

茂氏はその巨体を縮ませて頭を掻いている。

「それほど気にすることもない」

俊平は酒器を向けて、茂氏を慰めた。

「このところ、上様からのお呼び出しがあるたびに、お心の内を探るのだが、上様はお心の扉をぴたりと閉ざされて、なにも話してはくださらぬ」

「おぬしに話せば、私にも伝わると思われているのだろう。なに、気にすることはない。それより本日は――」

俊平は茂氏を促すと、茂氏はちらと梅次を見かえしてうなずいた。

そこは心得たもの、梅次と女たちが、

「じゃあ、あたしたちは」

音吉《おときち》をひき連れ、座を外す。

「また、後でな」

俊平が梅次に手を振った。

女たちが部屋を出ていくのを見とどけて、

「柳生殿。じつはな」

　と、茂氏が前かがみになって俊平に額を寄せた。

「これにひかえる用人の岩河清五郎《いわかわせいごろう》は、江戸留守居役を兼務し、時折吉原の引手茶屋で留守居役の寄合に同席しておるのだが……」

　俊平が、いつも茂氏に付かず離れずの供をする岩河に顔を向けた。

「申してみよ」

　茂氏が岩河を促すと、

「じつは、その席で柳生様の悪口を、さんざんに聞かされましてございます」

　岩河が、悔しそうに顔を紅潮させて言った。

「言い返そうといたしましたが、多勢に無勢。とても太刀打ちできませなんだ。また殿のお立場もあり、それ以上は……」

「いや、よいのだ。それより、どんなことを語りあっていたのです」

　俊平が、この純朴そうな岩河にさらに問いかけた。

「それが……」

　岩河は茂氏を見かえし、そのまま伝えてよいものか困ったようにしている。

「よい、柳生殿はそのようなこと、お気になされることはない」

茂氏が、そう言って年来の用人をたしなめた。

「されば……、じつはその席で柳生様のお話が出た折、柳生様は他家からの養嗣子にて、実力もなく、柳生家の飾り物。将軍家の剣術指南役はまことにふさわしからずと」

「なに、それくらいのこと、予想をしていたこと」

「さらに、上様には、柳生さまを指南役から外《はず》すよう黒田家から進言なされると」

「ふふ、そのような話、上様が聞くはずもない」

俊平は岩河清五郎の話を一笑に付したが、玉十郎が隅で悔しそうに膝をたたきはじめた。

「玉十郎が、そのように怒ってどうする。それより、有馬の屋敷では何か摑めたか」

「そのお話で。このところ暇を見つけちゃァ、有馬の屋敷を見張《つ》っておりますんですがね。駕籠が屋敷を出るところを見とどけて跡を尾けたんで」

「ほう、なかなかやるな、玉十郎」

「そうしたら、吉原の大門《おおもん》を潜って〈浮舟《うきふね》〉という引手茶屋に入っていきました」

「それが、その寄合だったのだな」

「へい、こちらの公方様の用人様と出会いましてね。これから、その寄合に出席するというお話で」

「で、そのように怒っている理由はなんだ」

「いえね、せっかく吉原を訪ねたんで、ちょっとその……」

「遊んだのだな」

「あっしら、いつもすかんぴんなんで、そんな太夫は呼べません。遊ぶといっても掘割沿いの切見世《きりみせ》でさあ。馴染みの女とねんごろに、……おっと、これは余計なことで」

「早く先を申せ」

「その女の話では、黒田家の藩士が吉原じゅうに柳生は腰抜け、小野派一刀流《おのはいっとうりゅう》のほうが遥かに力は上と。あのようなへっぽこ流派を、将軍家の剣術指南役にしていては将軍家の名折れなどと言いふらしているようなんです。もう、悔しくて悔しくて……」

「それは、ちと聞き捨てならぬな。それでは私はよくとも将軍家の名誉を傷つけることになる」

俊平は眦《まなじり》を決して、玉十郎を見かえした。

「されば、岩河清五郎殿。次の留守居役の寄合は」

「明日にございます」

「なに、明日」

「どうなされる、柳生殿」

茂氏が鋭い形相《ぎょうそう》で俊平を見かえした。

「その寄合に行って、そのようなことを言わせぬようにする」

「喧嘩で」

玉十郎が飛びついた。

「そうではない。説いてくるだけだ」

「ならば、わしも行く」

茂氏が、怒りを抑えた低い声で言った。

「いや、茂氏殿が行かれるまでもない。それでは、話が大きくなりすぎる。せっかくの黒田の留守居役仲間からも外されるぞ」

「ううむ。悔しいが、こたびは――」

茂氏が残念そうに言うと、

「どうやら大名である有馬氏久直々に引手茶屋に向かう折には、きっと黒田継高も来ておるということだな」

「そう思いまさァ」

「ふむ。されば、いま少し有馬屋敷を見張ってくれ。手間をかけるな、これはとっておけ」

俊平が玉十郎に山吹色《やまぶきいろ》の物を三枚手渡すと、

「こんなに、いただいていいんですかい」

玉十郎は首をすくめ、鬢を掻いて、嬉しそうに懐に収めた。

それから三日の夕刻も近い頃、玉十郎が木挽町《こびきちょう》の柳生藩邸に息を切らして駆け込んできて、執務中の俊平に庭先から、

――たった今、有馬氏久が駕籠で吉原方向に向かいました。

と告げた。

「いよいよ来たか」

段兵衛が、稽古着のまま駆け寄ってくる。

俊平と段兵衛は、示し合わせて急ぎ玄関を出ると、辻駕籠を拾い、有馬の大名駕籠を追うようにして、吉原に向かった。

大門で駕籠を下りると、門外にずらり、重々しい大名駕籠が並んでいる。俊平はそ

れぞれ家紋をひとつずつ確認した。

「ほう、黒田継高の藤巴《ふじどもえ》があるな」

と、段兵衛と顔を見あわせ、大門をくぐるとすぐに件《くだん》の〈浮舟〉がある。

入り口からなかに入ると、番頭がどちらさまでと訊ねてきた。

――柳生藩主である。黒田継高殿の寄合に呼ばれている。

そう言うと、なんの疑いもなく番頭が俊平と段兵衛を二階に通した。

「それじゃあ、ごゆっくり」

番頭が俊平から心づけを受けとって早々に去っていくと、俊平と段兵衛はさらに二階廊下を奥にすすんだ。

二階奥の座敷辺りで聞き覚えのある声がした。

(あれは有馬氏久だ)

ぴたりと並んだ段兵衛に言った。

「よかろう」

段兵衛が、懐中から紫の袱紗《ふくさ》に包んだものを取り出した。

夜叉《やしゃ》の面である。

俊平も翁《おきな》の面を取り出す。

能の好きな黒田継高に合わせた趣向である。

それを被って、滑るような足さばきで廊下を伝い、奥にすすんだ。

笑い声が大きくなっている。

気配からみて数人の大名と家臣がいるらしい。

「行くぞ、段兵衛」

俊平は振りかえって段兵衛とうなずき合うと、襖をいきなりがらりと開けた。

有馬氏久の顔がまず俊平の視界に飛び込んできた。

それに菊の間で会った氏久の乾分。

さらに、かつて城中で一度目にしたことのある黒田継高の姿がある。

眉が太い。目つきも鋭く、下顎はいかにも頑丈《がんじょう》そうにへの字に曲げた唇を支えている。

「なんだ、おまえたちは！」

いきなり有馬氏久の怒声が轟いた。

「亡霊だよ」

俊平が言った。

「亡霊だと」

「黒田継高殿に会いにきた。わしは柳生家初代流祖柳生宗厳。こちらの亡霊は柳生宗矩だ」

「たわけたことを」

黒田継高が、カッとして立ち上がった。

「三代柳生新陰流の印可をさずけられ、黒田藩の武芸を育《はぐ》んできた柳生家の恩義を忘れ、あることないことを吹聴《ふいちょう》し、罵詈雑言のかぎりを尽くしておる。うぬらに鉄槌《てっつい》を下さんとしてこの世に戻ってきた」

「柳生かッ」

有馬氏久が黒田継高をかばって俊平と段兵衛に挑みかかった。

俊平は得意の無刀取りの剣さばきで氏久を投げ飛ばし、段兵衛は、その乾分の大名の腕を逆手にとって、その腰を蹴り跳ばした。

黒田の家臣が立ち上がる。

俊平は、黒田継高の頬げたを思いきり殴りつけると、継高はうっと呻いて一間先まで飛んでいった。

「柳生を舐めるなよ。いつでも化けて出てやる」

一喝《いっかつ》して開け放たれた窓越しに外に出た。

屋根を伝って隣家に飛び移り、面を外して地におりる。

後方で、〈浮舟〉から郎党どもが飛び出して四方に散った頃には、俊平と段兵衛は大門をすでに抜けて、夜の闇に身を隠していた。

「いい気分だな」

俊平が言うと、

「わしもだ。氏久めには二発喰らわした。わしと兄の分だ」

段兵衛が夜気を呑み込んで胸を膨らませた。

衣紋坂《えもんざか》から下界を見れば、不夜城《ふやじょう》の灯りが煌々《こうこう》と明るい。

第五章　果たし合い

一

「上様、あの娘、いかがご覧になられますな」

地味な木綿《もめん》の小袖に野袴、大草鞋《おおわらじ》を履《は》いた将軍吉宗を案内して小石川薬園を散策する大岡忠相が、びわの樹木越しに若い娘二人をうかがった。

「あの年長の娘が、伊予小松藩の伊茶姫であったな。たしか、鳥取藩《とっとりはん》の兵法者と御前試合で立ち合って勝利した」

吉宗が記憶を手繰《たぐ》り寄せるようにしばし考えて忠相に訊いた。

「さようにございます。伊予小松藩一柳頼邦殿の妹御で、びわの薬効についてことのほか詳しく、また青木昆陽《あおきこんよう》殿の甘藷《かんしょ》栽培もお手伝いいただいております」

「うむ、聞いておる。俊平もうまいことをしおって」

吉宗がにやにやと笑いながら、小さくうなずいて伊茶をうかがった。

「まこと麗しく、心やさしき姫じゃな。親身になって鶴姫の世話をしたと聞いておる」

「まことによき姫、されど、いけませせぬぞ」

「わかっておるわ。俊平のものにまで手出しはせぬ」

「されば、お隣の姫を。あの姫が、上様のお胤、鶴姫様かと存じまする」

「びわの木の影になって、見えぬな」

吉宗は不満そうに言った。

「されば、もそっと近づきましょう」

「うむ」

上空を鳶《とび》が三羽、のどかに舞い、晩秋の風が心地よい。

吉宗と忠相は、広大な薬園の中、ゆったりと語り合う二人の娘に見つからぬよう、用心深く近づいていった。

みごとに成長したびわの木々に見入る若い娘二人の姿が、ようやくくっきりと木陰から現れた。

「ほう、あの娘か……」

十間ほどのところまで近づいて、吉宗はふたたび葉陰越しに用心深く鶴姫をうかがった。

「ううむ」

吉宗はじっとその娘に見入り、ふとなにか遠くを見るように目を細めた。

「なにやら、思い出すものがないでもない」

「と、申されますと」

「まず、あの女を思い出した。姫の母じゃ。商家の娘での。そうじゃ、たしか古着屋の娘であった。ふと目にとまった女での。健気《けなげ》によく働く女であった。奥の手助けのため、城中に呼び寄せた。たしか、早紀《さき》という名であった。今思えば、ありふれた女であった。しだいに忘れて、夜伽《よとぎ》に呼ぶこともなく月日が流れ、にわかに早紀が身籠もったという知らせがあった。生まれたのが女子であったうえ、正室への遠慮もあってな、氏倫に引きとらせた。一時の気まぐれでできてしまった姫だ。だが、その後の話を聞けば、不憫なことをした」

「その早紀と申す女人の面影が、あの姫にあると……」

「うむ、体つきも面体も、よう似ておる」

「そういえば、上様の面影も、あの娘に残っておるように思われますな……」

　忠相も目を細めて言った。

「そちも、そう思うか」

「高い額、鼻筋の通った凜とした気配は、その町娘の女の血だけではとうていうかがい知ることはできますまい。されば――」

　忠相が一歩前に踏み出そうとすると、

「いや、待て。他人のそら似ということもある」

　吉宗は忠相を制した。

「いま少し近づくといたそう」

「されば――」

　吉宗は忠相を従え、さらに抜き足差し足で、数歩姫に近づけばなにやら二人の話し合う声が聞こえてくる。

　伊茶がしきりにびわの効能を、鶴姫に説明しているところであった。

「なんともよい娘の声じゃな。まるでまるくしめった鈴を鳴らすようではないか」

「上様、あれは伊茶どのの声でございます」

「そうであったか」

吉宗はそう言ってから、

「おっ、思い出すことがあるぞ」

と言った。

「あの姫の母のうなじが、白く鶴のように細く、撫《な》で肩《がた》であった。あの娘のうなじを確かめたいものじゃ」

吉宗が、そこまで言ってまた目を細め、宙を睨んだ。

「そうであった。生まれた娘の右の首筋に、母と同じ黒子《ほくろ》があった」

「黒子でござりますか」

「うむ、黒子じゃ。と申しても胡麻粒《ごまつぶ》ほどのものであったが、母とそっくりのところにあったので、よう覚えておる」

「黒子があれば、あの娘が鶴姫さまにまちがいないということになりますな。ぜひにもご対面なされませ」

「じゃがの、この話、公《おおやけ》にはしにくい」

「内々のご対面で十分でございます。上様はこの薬園の役人ということでお話しなされませ。その間に、それがしが鶴姫さまのうなじをたしかめまする」

「わしが、薬園の役人か」

「大丈夫でございます。上様はいま木綿の着物に、草鞋姿でございます。よもや八代将軍とは思われますまい」

「つねづね質素倹約を率先してきたこの姿が、役に立つか。なれば頼む。忠相」

吉宗は苦笑いして、つかつかと二人のところまで歩み寄ろうとすると、

「あいや、上様、役人であられるとすれば、私の後に従わねばなりませぬ」

忠相が吉宗を止め、前にまわり込んだ。

二人が正面から近づいてくる大岡忠相と吉宗に気づき軽く会釈した。

「これは、大岡さま」

「おお、これは伊茶どの。本日は御薬園をお訪ねであったとは知りませず」

まず忠相が、笑顔で伊茶に語りかけた。

鶴姫が硬い表情で忠相に一礼する。

「あ、忠相さま。ご紹介します。こちらは、伊勢西条藩の姫君にて鶴姫さまでございます」

「これは、有馬殿の姫さまでござるか」

忠相はとぼけて気楽に声をかけ、鶴姫に微笑みかけた。

鶴姫は、相好を崩して忠相を見かえし、その背後に立つ吉宗に目を向けた。

吉宗が一礼する。

「南町奉行大岡忠相でござる。姫にはたびたび足を運び、びわの成育に目を配っていただいております」

忠相はそう言って、連れの鶴姫に目を移した。

「話は、うかがっております。本日は、伊茶さまのびわの木を見せていただいているところです」

鶴姫はそう言ってから、連れの吉宗に再度目を向けた。

「こちらは――」

「小石川養生所の警護を担う者でございます」

鶴姫は小さくうなずいて、じっと吉宗を見やった。

「私をじっと見つめておられましたな」

鶴姫が、真っ直ぐに吉宗に訊ねた。

「なにか――」

「いや、その、私の知るさるお方とよう似ておられ、つい、見惚《みと》れてしまいました。お許しくだされ」

吉宗は、やわらかな笑みを鶴姫に向けた。

「それはようございました」

「これ、それほどこちらの姫とよく似たお方を知っておるのか」

忠相が吉宗と鶴姫の間に割って入った。

「はい、面影がそっくりにございます」

「面影か……」

忠相がつぶやいた。

「早紀と申しましてな、それがしが、紀州和歌山《わかやま》におりました頃のこと」

「あなたは……」

鶴姫の顔が凍りついた。

「じつは、かつてその女を好いてしまい、子ができましたが、すでに妻がおり、やむなく人に預けてしまいました。今思えば、その娘にすまぬことをしたとの思いでいっぱいです」

吉宗は、鶴姫に向けて率直に謝った。

「その早紀さまは、今いずこに」

鶴姫が、吉宗から眼差しを外すことなく訊ねた。

「はて、なにゆえお訊ねか」

「そのお方に、いちど会うてみとうございます」

「あいにく……」

吉宗は悲しげにうつむいてから、ふたたび姫を見かえした。

「その女人の世話を頼んだ者が、先刻、他界してしまい、今は行方を知る者とてありませぬ。あいすまぬ」

吉宗が、また鶴姫に頭を垂れた。

「そうですか……」

鶴姫は、悲しげに言って目を伏せた。

「ござりましたぞ」

忠相が、二人の話に割って入ると、吉宗に小声で耳打ちした。

首筋を指している。

「まあ」

伊茶姫が、驚いて声をあげた。

「伊茶どの、じつは話はすでにうかがっております。姫はこちらの鶴姫さまを探し出し、堺からお連れして、お局館にお匿いとか」

忠相はきっぱりとそこまで言って、吉宗を見かえした。

「さようでございます。じつは鶴姫さまは有馬家を離れ、今は堺の芝辻祥右衛門さまのもとに身を寄せておられます。姫は、こたび実のお父上とご対面のために、江戸入りしておられます」

「事情は、柳生殿からすべて聞いております。のう」

忠相は、吉宗を振りかえりうなずいた。

「こちらが――」

鶴姫がじっと吉宗を見つめ、息を呑んでいる。

「柳生殿は、ただいま養生所をお訪ねになっておられます。みなでご一緒にお話をいたしましょう」

鶴姫と伊茶を誘い、彼方の大きな建物を指さして忠相がそう言うと、鶴姫がふたたび吉宗を見かえし、うなずいて歩きだした。

吉宗も、ゆっくりとその後をついていく。

やがて前方に柿葺《こけらぶき》の立派な建物が姿を現した。

男女に別れた病人部屋は収容人数百名を越える。その周辺にはお仕着せの袷《あわせ》を着けた患者が数人、庭で三々五々陽に当たっている。

一行が養生所の表玄関にまわり込むと、大名駕籠が二つならんでいた。吉宗と柳生藩主柳生俊平のものである。

供の者は、建物のなかに控えているのであろう。その姿は見えなかった。

鶴姫は、その駕籠に目を移し、覚悟したように忠相について建物のなかに入っていった。

建物は病室の他に診察所、介護人部屋、医師の控の間、役人部屋などがずらりと並んで広大であった。

所内控の間は、肝煎《きもいり》の小川隆好《おがわりゅうこう》以下、養生所役人、医師が吉宗を出迎え、神妙な面持ちである。

「鶴姫さま、本日は姫へのご危難が及ぶのを避けるため、この場にて上様にご対面いただくこととなりました」

俊平がそう言えば、鶴姫はやはり、と小さくうなずいて、対座した吉宗にあらためて目を向けた。

「鶴姫、さきほどはそなたがまことのわが姫かとこの目で確かめるため、父と名乗らずにいた。あいすまぬ」

吉宗の言葉に、鶴姫はうなずき、

「承知しておりました。お目にかかれて嬉しうございます」

背筋を延ばし、鶴姫は堂々と受け答えし、深々と平伏した。

「長い間、つらい思いをさせたの。これもすべて、余の不徳のいたすところ。今日になって父と名乗るなど、そなたには許しがたきことかもしれぬ。だが、いろいろ事情があった」

「いいえ、上様がこたび私をお認めになり、謝ってくださりました。そのお心づかいで、じゅうぶんでございます。その温かさは、義父有馬氏倫や兄の氏久を遥かにしのぐものにて、私を大切に思ってくださるゆえであろうと思い、深く感謝いたします」

「そうか、そう言うてくれるなら、どれほど心のやすらぐことか」

吉宗は立ち上がると鶴姫に歩み寄り、その手をしっかりと握った。

「ようございましたな。上様は鶴姫さまがまことのお子であられることをお認めになり、これよりは父として姫の行く末をお見守りくだされます。どこにお逃げになることもなく、有馬氏久、黒田継高の嫌がらせなど、お許しになりませぬ」

俊平が姫の脇でそう言うと、

「まことによろしうございました。わたくしも、堺より江戸表まで姫をお連れしたかいがございました」

伊茶姫も、我がことのように大きくうなずいた。

「とまれ、姫、ひとまず城に上がっておくれ。西の丸の大奥に、そなたの部屋を用意する。侍女も必要なだけつける。その後、有馬家一万石ではなく、それなりの大名家の養女となり、姫の嫁ぎ先を考えよう。そなたにふさわしい大名家の嫁となるがよい。よいな」

「いいえ――」

鶴姫は、きっぱりと言って吉宗を見かえした。

俊平が、伊茶が、忠相が、唖然として鶴姫を見かえした。

「嫌か」

吉宗が顔を強張《こわば》らせ鶴姫を見かえした。

「上様のご温情、身に沁みまするが、私はすでに武家を離れております。ただ今お局《つぼね》さま方から、行儀作法を教えていただいておりますが、もはやそうした堅苦しい暮らしは身に合わぬものと、悟りましてございます」

「武家は嫌か……」

吉宗が茫然と鶴姫を見かえした。

「わたくしは、今や鶴姫ではなく、里という名の鍛冶屋の娘になって久しうございます」

「聞いておる。芝辻祥右兵衛には、姫の養育のため、ひとかたならぬ世話をかけた。礼を申した」

「お会いになられましたか。今は、養父祥右衛門をまことの父のように思っております」

「そうであろう。私にそれを咎める資格はない」

吉宗はめずらしくうなだれて顔を伏せた。

「私は今、身も心も町人の娘でございます。このまま里として過ごしとうございます」

吉宗は、じっと鶴姫を見かえした。

「そうか。あいわかった。どう生きるかはそなたの勝手。余は、そなたが幸せであればそれでよいのだ。ただ、ふたたび不幸にはさせとうない」

「ありがたきお言葉。きっと幸せになります」

鶴姫はふたたび深く平伏し、やさしい眼差しで吉宗を見つめた。

「だが、驚いたぞ、姫。そなたは己を知り、己の道を歩むという。まこと、しっかり育っておる。のう、俊平」

吉宗は、俊平を見かえし唸った。

「人は、誰も、おのれの真の幸不幸を選ぶべきことと存じます。鶴姫さまはすでにまことの幸のありかが、何処《いずこ》にあるのか知っておられます」

「ありがとうございます、俊平さま」

鶴姫が俊平を見かえし礼を言った。

「まことにございます。私は、鶴姫さまと接し、まことに聡明なお方と感じておりました」

伊茶が深くうなずいて言った。

「そのご判断には深い思いが秘められていると存じます。そして、幸せの在り処を知り、武家の暮らしがお嫌と思う気持ちは、わたくしにもよくわかります。わたくしも、こうして二刀を差し、柳生道場で新陰流を学んでおります。武家の堅苦しい暮らしは……」

「聞いておるぞ。伊茶姫。そなたの見事な太刀捌《たちさば》きは、鳥取藩の武道家との試合で見せてもろうた」

「まだ、つたないもの。お恥ずかしうございます」

伊茶も深々と平伏した。

「そなたの嫌いなものは、武家の堅苦しい暮らし。だが、俊平のもとにおれば、武家の暮らしがつづくがそれでよいのか」

吉宗が、ちらと俊平を見かえし笑った。

「柳生藩は、まことにもって男所帯。姫の姿でおる必要もございません」

伊茶は、ちらと俊平を見かえし、面《おもて》を伏せた。

「そうか、それはよい」

吉宗はうなずいて言った。

「さて、話はちと外《はず》れたな。鶴姫。町の暮らしをつづけたいと申すなら、残念だがふたたび堺にもどるのだな」

「いえ、江戸に残りとうございます」

鶴姫がきっぱりと言った。

「ほう、意外なことを申す。この江戸で父祥右衛門とも離れ、町人の中に入って暮らすか」

「さるお方のもとに嫁ぎとうございます」

意外な姫の言葉に、ふたたびみなが唖然として姫を見かえした。

「それは誰じゃ」

「養父と同じ鍛冶屋にございます」

「ほう、これは驚いたの」

吉宗は困惑して鶴姫を見かえすと、俊平が吉宗に向き直った。

「それがしも、見知りおります若者にて、鍛冶屋の伝次と申し、まことに好青年と存じまする」

吉宗は驚いて俊平を見かえした。

「鍛冶屋か。よいな。鶴姫、そなたがよかれと思う道を歩め。父としてなにかできることがあれば申せ」

「ありがたきお言葉」

姫はしばしうつむいて考えていたが、

「よい、遠慮はいらぬ」

吉宗に促されて、膝を乗り出した。

「されば、幕府にて小刀を百本、お買い上げいただきとうございます」

「おお、小刀か。百本でも二百本でも買うてやろう」

「その小刀の刃、立花貫長さまの筑後三池藩の焚石にて、焼き入れせねばなりませぬ。

どうか、筑後三池藩のご赦免《しゃめん》、よろしくお願い申しあげます」

「そなたは、まことにしっかりしておる」

吉宗は目を丸くして鶴姫を見かえした。

「上様のお血がありありとうかがえますな。鶴姫さまが男子なれば将軍となられたかも」

大岡忠相がそう言って、からからと笑った。

「よき姫じゃ。たまには城に遊びに来てくれよ」

吉宗がにこにこと笑いながら語りかけた。

「はい」

鶴姫はうつむいてから、

「しかし、町人の女がお城に入るすべはございません」

そう言って、鶴姫は首をすくめた。

「なんの、鶴姫」

吉宗はにこりと笑って、伊茶姫を見かえした。

「私が姫の供をして、大奥にお招きいたします」

「うむ。よろしう頼む」

「上様、こたびの評定、格別にお見事にございましたな」

大岡忠相がうなずいた。

「一座の者、上様と里が本日ここで語られたこと、他言いたすな」

忠相が言えば、

「すべては世の安泰のためじゃ。余の不徳をこれ以上知られたくない」

吉宗が、大きくうなずいて控の間の者たちをぐるりと見まわすと、みないっせいに深々と平伏するのであった。

二

小石川養生所での将軍吉宗と鶴姫との対面があって数日後、俊平は惣右衛門を伴い、ふらりと〈大見得〉の方角に足を向けると、ふたたび旨そうな焼き鯛の匂いが店先から立ちこめてくる。

「おや……」

俊平は惣右衛門と顔を見あわせた。

あいかわらず、暖簾の前は人だかりである。

半兵衛の話では、黒田藩の上屋敷の焚石はすでに底を尽き、〈大見得〉まで回ってはこないはずである。

だが、このようすでは大御所も来ているらしい。

暖簾を潜ると、お浜がすぐに二人を見つけ、

「柳生さん、また焚石が入ってきましたよ」

と、声をかけてきた。

「ほう、そいつはいい」

上機嫌で店を見まわせば、なるほど大御所がいつものように店の隅の衝立の向こうで、達吉とともに旨そうに焼き鯛をつついている。

「先生、ご用人さん、こちらに」

大御所が、大きな声で手招きして二人を呼び寄せた。

「大御所、焚石が入ってきたとは嬉しいねえ」

「なんでも、あの半兵衛さんが、黒田藩の膳所からくすねてきたらしいよ。先生に食べてほしいとの口上《こうじょう》付きだ」

「私にか――」

俊平は半兵衛の厚意が身に沁みて、黒田藩士の道場への殴り込みをすっかり忘れて

微笑んだ。

「されば、いただくか」

大御所の衝立内に、俊平と惣右衛門が座り込んだ。

「おかげで、あっしらもまた焼き鯛にありつけたってわけで。これも柳生新陰流のとりもつ縁で」

達吉が軽口をたたいて、また、

「先生、どうぞ」

と食べかけの焼き鯛を勧める。

「ふむ。それにしても、半兵衛どのは、なにゆえここまでのことをなされたのであろうか」

俊平が首を傾げて惣右衛門と顔を見あわせた。

「お浜さんの話じゃ、なんでも黒田藩は完敗だと言い置いていかれたということで。なんの話か、あっしにはよくわからないんですがね」

達吉が言う。

「たぶん、貫長様の追い落としが失敗したということじゃないかと思いますよ、ねえ、先生」

大御所が自信ありげに言った。

事実、三日ほど前、立花貫長の殿中での刃傷事件に評定所の判断が正式に下され、

――そうした、事実はなかった。

ということになったばかりである。

その後、貫長とは二日前、伊茶、段兵衛も加えて俊平は〈蓬莱屋〉で、ささやかな祝いの席を設けた。

「あの事件で負けた黒田の殿様は、さぞや悔しい思いをされているでしょうねえ。おかわいそうなことで」

大御所が、口とは裏腹にクックックッと含み笑いして言った。

「それで、鶴姫さまは」

大御所が、俊平に訊いた。

「上様とはご対面をすませたが、どうも大名の姫にはなりたくないらしい」

「まったく、もったいねえ話で」

横で達吉が、驚いたように言って素っ頓狂な声をあげた。

「贅沢のかぎりを尽くして暮らせるってのに、なんでまた」

「そりゃ、達吉にはわかるめえよ。おれにゃ、わかる」

大御所が、得意顔で言った。

「人の世の両方を知ってる者にはわかるのよ」

「そうだ、両方を知っている者にはな」

俊平が、大御所と顔を見合わせた。

「大名の暮らしなんて、そんなにいいものじゃないってことを私がいちばんよく知っているよ」

俊平が言った。

「たしかに生活の苦労はないが、なんでも昔どおり、形式ばかりで堅苦しい毎日だ。そこへいくと、町人は自由だよ。むろん、生きていくための競争はある。金に困る時もある。だが、己の生き方を選ぶことだってできる。達吉だって、芝居が好きで、この世界に飛び込んできたのだろう。それにそのぶん、みんな苦労しているから助けあえる。生きているなって、実感があるだろう。私は、大名の型を破ってこうして町人の生活に混じって暮らしているから両方がわかるのだ」

「殿は、まことに人生のいいとこ取りでございます」

惣右衛門が、にやにや笑いながら口をはさんだ。

「あいすまぬな」

俊平が惣右衛門に苦笑いをかえして首をすくめてみせた。

「姫も、大名の暮らしと町人のくらしの両方を知っていた。迷ったあげくに、町人の世界を選んだのだ」

俊平が、そう言った。

「そりゃ、よき判断かもしれねえな」

大御所が、ふむふむとうなずいた。

「でも、堺に帰らずに、この江戸で何をなさるんで」

「鍛冶屋の倅のもとに嫁に入るという。そしてともに鍛冶屋の仕事に精を出すということだ」

俊平はお浜が盆に載せて運んできた焼き鯛を自分の膳に運んだ。

「気に入ったねえ、その鶴姫さま」

大御所がうなった。

「そうだ。姫さまも立派だが、姫の父さまの上様もご立派だよ。腹を立てずにその生き方を褒《ほ》め、祝福したのだからな」

「さあ、めでたい鯛だよ」

話を聞いていたお浜が惣右衛門のぶんも手渡しして叫んだ。

「上様も、どうして、なかなかやるねえ。だが、芝居は贅沢と、まだ言っておられるのが悲しいや」

大御所が、泣き笑いの顔をつくって、猪口の酒をあけた。

俊平と惣右衛門が待ちかねたように焼き鯛に箸を伸ばす。

その時のことである。

「柳生先生ッ――！」

暖簾を分けて、玉十郎が俊平の姿を見つけて、すっ飛んできた。

「どうした、玉十郎。騒がしいぜ」

大御所市川団十郎が、玉十郎の髷をたたいて俊平を見かえした。

「へい、半兵衛さまが」

「さっき焚石を届けていた時にあっしを見つけて、この書状を先生にお渡ししてほしいと。ずっとお探ししておりやした」

「半兵衛殿が――」

俊平が険しい表情で玉十郎に訊ねた。

「ひどく青ざめた顔で、只事《ただごと》じゃない風情でしたよ」

書状を受けとってみれば、表には一文字も筆の跡はなく、名のみが記されている。

「はて——」

俊平は、妙な予感がして封を開けた。書状にはさらに内側に封があり、

——柳生先生へ。果たし状。

とある。

「殿、これは——！」

惣右衛門が、俊平の手元をのぞき込み息を呑んだ。

「なにゆえ、このような——」

書を開き、骨太の文字を追っていく。

「それがし剣に迷いが生じております。そのため先生と真剣にて立ち合い、迷いを払《ふっ》拭《しょく》したいと存じます。

三日後の明け六つ半（七時）、場所は小菅《こすげ》の外《はず》れ。俗称、逢瀬《おうせ》ヶ《が》原《はら》」

「これは、まぎれもねえ、果たし状だ。あの半兵衛さんがなんでまた」

大御所が、青ざめた顔で俊平を見かえした。

「なにも、道場に来れば蟇肌竹刀でできようものを」

達吉も首を傾げる。

「殿、これは黒田継高様が、腹いせに半兵衛どのに命じたのではございませぬか」

「きっとそうだ。あの半兵衛さんは悪い人じゃねえ。同門の師範である柳生先生に果たし状など、送りつける人じゃねえよ」

大御所が唸るように言う。

「だとしたら、先生が危ねえ」

達吉が言う。

「そうだ。こういう時は助太刀を連れてくるにちげえねえ。相手はみな、黒田藩の腕達者ばかり。強いんでしょう。束になってかかられたら」

「まあ、黒田の同門には、目録級の者もかなりいた」

「いけませんぜ、危なすぎる」

大御所が、大げさに声を震わせて言った。

「しかし、逃げるわけにはいかぬ」

「おい、玉十郎。段兵衛さんに知らせてこい」

大御所がそう言ってから、

「いや、段兵衛一人じゃ足りねえ。同じくらいの腕と言ったら、あ、そうだ。伊茶どのだ」

「とてもじゃないが、姫に助太刀など頼めぬよ」

そう言って、俊平は苦笑いして大御所に首を振ると、

「喜連川茂氏様は、どうだろうねえ」

大御所が、次々に俊平の友人の名を出してくる。

「あの人は、力持ちだが、剣はそれほどではない。それにご領主さまだ」

そこまで言って、俊平は腹をくくり、

「なに、私一人が相手をする」

きっぱりと言い切った。

「私は半兵衛殿を信じている。助太刀が現れても、手出しはさせまい」

「それでもねえ」

団十郎が、心配そうに惣右衛門を見かえした。

「されば、こちらも門弟を搔き集めましょう」

惣右衛門が言った。

「よいのだ、惣右衛門。半兵衛殿は板挟みとなっておられる。宮仕えのつらさが、この書状にも表れている。この店に焚石を持ってきたのも、詫びのつもりだろう。私はあの人の気持ちを汲んで立ち合おう」

「失礼ですが、絶対に勝てるんですかい、先生」

大御所が俊平に食い下がった。

「これ、大御所」

惣右衛門が、さすがに大御所のあけっぴろげな性格を叱った。

俊平はこれには応えず、

「三日後か――」

腹を括って、焼き鯛に箸を伸ばした。

俊平だけが一人、黙々と鯛を食べはじめる。

惣右衛門も大御所も、達吉も、もはや鯛に箸をつける気力を失っている。

三

その辺りで、隅田川《すみだ》が名前を荒川《あらかわ》と変え、大きく左に迂回《うかい》して流れを速めはじめる。

広大な御狩場《おかりば》があり、俊平も一度、将軍吉宗の供をして訪れたことがある。

その隅田川沿いの川原に、俊平は猪牙を下《お》りひとり歩きだした。

川沿いの砂利道をすすむ。

まだ陽は東に昇ったばかりで、肌寒い。

俊平はブルンと背筋を震わせ、前を睨んだ。

霧が深い。

禽鳥《きんちょう》が数羽けたたましく鳴き、しきりに上空を舞っている。

霧のため、見上げてもその姿は、かすかに見え隠れするばかりである。

気配がある。

俊平は、前方の人影を透かし見た。

霧の奥ゆえ、その蠢く姿ははっきりとしないが、七、八人はいよう。

俊平の心に、失望が宿った。

藩命には逆らえないものなら、せめて半兵衛に一人で来てほしかった。

柳生六代藩主の座をその身に引き受け、剣に生きることを覚悟したその時に、俊平は剣に斃《たお》れることも覚悟した。

死を厭《いと》う心はない。

だが、地に頽《くずお》れるなら、それは相手との一対一の真剣勝負に敗《やぶ》れた時であってほしかった。

「半兵衛殿はおられるか――」

返答がない。

左右に数人の人影が散る。

俊平の周囲に回り込んでくるようすが、踏みしめるわずかな小石の音でわかる。

「あいすみませぬ。柳生先生――」

遠く、聞き馴染んだ男の声があった。

「半兵衛殿か」

「黙って、私と勝負をしてくだされ」

半兵衛がむせぶように言った。

「そのつもりで出て来たよ」

「何とも、申しわけなく……」

半兵衛はそれ以上なにも語れそうになかった。

「謝ってもらわずともよい。そなたの立場はわかっている。だが、一人で来てほしかった」

「それが……」

「うむ」

弾かれたように左の影が動き、砂利を弾かせて上段から撃ち込んでくる。

俊平は左に向き直り、霧の向こうから急ぎ姿を現した男に向かって抜刀した。

黒頭巾《くろずきん》で面体《めんてい》を隠した男であった。

剣先が俊平の頭上に迫る。だがそれより早く、俊平は斜め前に踏み込み、体を翻して相手の小手を打った。

「うっ」

くぐもった叫びがあがった。

だが霧の中でその男の姿は霞《かすみ》のように薄い。

すかさず右手の影が、袈裟に斬りつけてくるのがわかった。

足裏を丸め、跳ねるように前に出ると、俊平は男の胴を抜いた。

「こ奴らも、同門か」

俊平は半兵衛に向かって叫んだ。

「すみませぬ。柳生先生——」

「おのれ、柳生ッ！」

悲痛な叫びをあげ、後方から影が急迫する。

気合を放っている。

男の気合には、死を覚悟した者の思いが込められている。

振り向きざま、その切っ先を斜めに薙《な》いでそらし、前のめりになった男を見とどけて、振りかえりざま袈裟に斬り下ろした。

「なにが主命かッ」

俊平が、一人斬るたび悲痛な叫びをあげた。

「すみませぬ。柳生先生」

「なぜ、同門どうしで争わねばならぬ。退け、半兵衛」

「いや、退けませぬ。われら武士には主命は絶対」

「柳生の剣は活人剣。主従の力に利用され、人を殺《あや》める剣ではない」

「わかっております。しかしただ……」

左右で、また影が動く。

いきなり左手から、槍の穂先が霧の向こうから突いてくる。

危うくそれを躱《かわ》し、穂先を押さえ込んで撥《は》ね上げ、胴を抜く。

「柳生新陰流の槍は貫流《かんりゆう》という。このような槍ではない、うぬらは」

「我らを新陰流と、誰が言った」

ひどくしゃがれた声で、俊平を囲んだ誰かが言った。

「ならば、斬りやすい」

俊平は、目を細めて左右を見まわす。

こんどは右から、穂先がスッと延び、すぐに退く。

すかさずまた、別の穂先が俊平に延びた。

その素っ首をたたいて前に踏み込み、空いた胴を抜く。

その時、前方でいきなり銃声があがった。

俊平の足元で砂利が弾ける。

次に銃声が連続してあがり、くぐもった男の叫びとともにすぐに鎮《しず》まった。

「先生――」

「どうした、半兵衛」

「邪魔者は片づけました。こ奴らは、私を讒言《ざんげん》をもって主から引き離した者ら」

「そうであったか。これでそなたが私を倒さば、黒田継高殿の側近に戻れるのか」

「いいえ。私は先生を倒すことができても、もはや、とても藩主の近くにはもどれますまい。お許しをいただき、旅に出ます」

「ならば、果たし合いはやめよ」

「いえ、やめません。私はこの勝負に懸けております」

「よかろう。なれば、思うぞんぶん一対一の勝負をいたそうぞ」

「お願いいたします」

半兵衛が、霧の奥から姿を現した。

白衣《びゃくえ》に襷《たすき》がけ、鉢巻きを結んでいる。

果たし合い装束である。

強い風が、俊平の鬢をなぶる。

俊平はゆっくりと前に踏み出して言った。

「脱藩できぬのか」

「古い人間。それがしは、かつて藩の大番頭《おおばんがしら》。それが藩の派閥抗争に敗れ、膳所に下りました。先生が倒された者らがその反対派でござる。ご藩主は、先生を倒せば側近にふたたびもどしてくださるとのこと。これで家は安泰となります」

「家か。藩か。武士とは虚《むな》しきものを背負って生きるものだな」

「先生は、久松松平家から柳生家藩主に迎えられたお方、とても私の立場など、おわかりいただけますまい」

「よき友が得られた、と思ったが――」

「よいのです。私の生涯はそれなりに充実しておりました。妻を得て、子も順調に育っておりまする。私がたとえ敗れても、ご藩主は家をお取り潰しになりますまい」

「そうか。もはや、是非《ぜひ》もないか。ならば、ここの男たちはすべて斬る」

俊平は、黙り込んだ。

藩をたらい回しにされ、将軍剣術指南役という重責を負って懸命にお役をつとめている俊平である。同じような人生と言えようか。俊平はふと思った。

「あの焼き鯛はうもうござったな」

「先生にそう言っていただければ、本望でござる。よい思い出ができました。一手、ご指南」

半兵衛が、俊平に動きを合わせて、前に出た。

間合い三間――。

半兵衛の姿は、霧のなかに半ば霞んでいる。

俊平は剣を中段にとり、しずかに全身を前に傾けて、身構えた。

半兵衛は下段に刀をつけ、俊平の動きを待つ。

〈後《ご》の先《せん》〉に徹した、受けの構えである。

半兵衛に一分の隙もない。

俊平も動かない。

やがて、四半刻（三十分）が過ぎようとしていた。

俊平は、ゆっくりと剣を上段に移し、じりじりと前に出た。

半兵衛は押されるままに退る。

間合いは、やはり三間――。

と、後方の霧のなかに人の気配があった。

「俊平――」

段兵衛の声である。

「手出し、無用ぞ」

俊平が、抑えた声で言った。

と、はるか前方で馬のいななきがある。

霧を透かしてみれば、十人ほどの頭巾姿の男たちが、二人の勝負に見入っている。

その馬上に一人だけ、山岡《やまおか》頭巾を着けた、堂々たる偉丈夫《いじょうふ》の姿があった。

(あれは黒田継高か……)

俊平は剣先をゆっくりと落とし、半兵衛と同じ下段に下げて、間合いを詰めていった。

半兵衛は動かない。

と半兵衛の後方から、いきなり二人の男たちが急迫してくるのが見えた。

「馬鹿者ッ!」

半兵衛が一喝した。

半兵衛の背を越えて、俊平に斬りかかろうとする二人を振りかえり、半兵衛は一人を逆袈裟に、もう一人を袈裟に斬って捨てた。

その勢いのまま、半兵衛は俊平に向かって踏み込み、上段からまっ直ぐに撃ち込んでくる。

俊平は膝をゆるやかにひねり、わずかに体をずらして前に踏み出すと、反転して斜めに打ち込んだ。

半兵衛はそれを物打ちで受け、前に踏み込んで鍔《つば》ぜり合いとなる。

俊平は、半兵衛の瞳を見た。

晴れ晴れとした眼差しであった。

「これでよいのです」

半兵衛が小さく言った。

両者、後方に飛んで間合いをとる。

「ええい」

半兵衛が、激しく撃ち込んできた。

俊平は、その剣を上段霞《かすみ》に受け、体をかえして一歩踏み込むと、半兵衛は成すすべもなく袈裟に斬られた。

霧のなか、ゆっくりと半兵衛の体が崩れていく。

後方から、人がこちらに駆けて来るのがわかった。

段兵衛と伊茶である。

と、前方に動きがあった。

馬上の武士が野獣にも似た怒気を発し、なにやら命じたようであった。

黒覆面の男たちがいっせいに抜刀し、こちらに向かって駆けてくる。

と同時に、馬が駆け去っていく蹄《ひづめ》の音があがった。

主に見捨てられた黒覆面の男たちが、身を翻し、慌ててその後を追っていく。

「あれは、黒田継高めだ――」

脇に立った段兵衛に、俊平が吐き捨てるように言った。

「そのようだな。とにかく、よくやった、俊平」

段兵衛が俊平の肩をたたいた。

「俊平さま、ご無事で。わたくしは、昨夜は心配で一睡もできませんでした」

伊茶が俊平に縋《すが》りついてくる。

「斬りたくなかった男だ」

俊平は地に崩れた半兵衛を見やり、腰を屈めて開いたまま果てた剣友の双眸を閉じた。

「半兵衛は、藩主の意のままに動く奴隷ではなく、一人の剣士として果てた。立派な最期であった」

俊平が手を合わせると、段兵衛と伊茶も手を合わせた。

霧のなかに、血の臭いが漂っている。

四

「すべてが、満足ゆくかたちで解決した。これもそちの尽力の賜物《たまもの》だ。俊平、感謝するぞ」

月に一度の武道稽古場での稽古の後、中奥御座所にもどった将軍吉宗と柳生俊平は、二人のなによりの楽しみである将棋盤《しょうぎばん》を囲んで、穏やかな表情で盤面に目を凝《こ》らしていた。

「金《きん》が頼りでございます」

俊平が自分の駒台の金二枚をちらと見やって言った。

「今の世は、商人ばかりか大名までが金《かね》、金とうるそうございます」

「まことよの。人は己が生きがいとしたものに身命《しんめい》を賭《と》してこそすがすがしい。こたび会うた芝辻祥右衛門も、鶴姫の嫁ぎ先となる小刀づくりの鍛冶屋親子も、また鶴姫までもがまことの職人の心意気をみせてくれた。あのような生き方をしたいもの」

「なんの。上様とて財政再建のため、贅沢を禁じ、綿服一枚、草鞋履きを貫くお姿は、つねづね感服しております」

「公方茂氏から聞いたぞ、俊平。おぬし、黒田継高の強豪を相手に一人にて立ち向かい、見事倒して将軍家御家流たる柳生新陰流の名誉を守ったという。ようやった」

「なんの、捨ててこそ浮かぶ瀬もあれと申します。あの闘いではそれがし、命を捨ててようやく身を救いました」

「うむ。こたびのことで、余は黒田継高を見かぎった。たしかに才気ある男だが、策を弄して人を貶《おとし》めることをなんとも思わぬ冷血漢よ」

「まことに」

「だが、あの家を取り潰すわけにもいかぬ。五十二万石が向こうてきたら、いささか難儀」

「御意――」

俊平は苦笑いして応じた。

「さらに、有馬のこわっぱじゃ。あの者、このところ増長《ぞうちょう》しておる。呼び出し、厳しく叱っておいた。一気に取り潰してもよいのだが、氏倫には余を支えてくれた恩義がある」

「はい」

「それにしても、若い者はよいの。姫は軽々と重い軛《くびき》を払いのけ、飛んでいきおった。われらは厳しき現実を前に、悪戦苦闘じゃ」

「まことに。それがしも、近頃は、ふとあのまま久松松平家の十一男として部屋住みがつづいていたら、もそっと気楽ではなかったか、と思うことがござります」

「あるいは別れた妻と、穏やかな生活をつづけていたかもしれぬな」

「…………」

「余もふと思う。あのまま紀州藩主をつづけていたなら。いや、紀州徳川の四男坊であったならよいと。将軍の職は重い。紀州では身が軽かった。だからこそ、あのように愚かなこともしてしまったのだが」

「はは、上様はこのところ、反省の弁が多すぎまする」

「思うがままにできぬことが多すぎるからであろうよ。武器の改革で諸大名を圧倒してくれようと思い、あの八連発銃に賭けたが、もはや造れぬという」

芝辻祥右衛門は、将軍吉宗に呼ばれ、鉄砲奉行同席のもと、江戸城で先祖芝辻理右衛門の密造した馬上筒の制作を依頼されたのであった。

——あいにく当時の技術はすでに失われ、同様の物を製造をすることは無理にござりまする。

と、祥右衛門は吉宗を落胆《らくたん》させた。

吉宗は残念そうに祥右衛門を見かえしていたが、ようやくあきらめがつくと鶴姫に話がおよび長年の養育に対し深い謝意をあらわし、三百両もの褒美《ほうび》があったという。

「商人の時代がまいりましたということ」

「俊平——」

「なんでござりまする」

「父として、鶴姫のことはこれからも見守ってやりたい。目をかけてやってくれ。よろしく頼むぞ」

吉宗は駒を駒台にもどし、真顔になると俊平に頭を下げてみせた。

「おやめくだされ。上様、私にできることなど、さしてあろうはずもござりませぬが、若い者たちを励ますことくらいはできましょう。せいぜい小刀を注文いたしまする」

「うむ。ところで、俊平。そちも己の生活にそろそろ新風を吹き込んでもよい頃合いではないのか。このままでは日々の暮らしが重うなるばかり」

「はて、新風とはなんのことでございましょう」

俊平が怪訝そうに吉宗をうかがった。

「女人じゃ」

「と申されますと――」

「側室を持て」

「いえ、それがしには……」

「正室はない。それゆえ、継室と言いたいところだが、それもちと重かろう。余も継室はご免こうむりたい。側室は身軽でよい。二人を持ち、それぞれに子を産ませた。一人は次の将軍にさせる。伊茶はどうじゃ」

「しかしながら、姫は仮にも一万石の姫君。一柳家に対し失礼ではないかと存じます」

「なに、ここは、姫もそちもひと飛びすることじゃ。鶴姫に比べれば軽いもの」

「はい」

俊平は、黙って吉宗を見かえした。

「いいかげんなことを申しておると思っておろう。だが、そちと正室の間を裂いたのは幕府じゃ。余ではなく有馬氏倫であったが、余の命《めい》ということになっている。そちにとって、それが一番よい方法なれば、形式になどとらわれるな」

「考えさせていただきます」

俊平はひとまずはそう言って、吉宗を見かえした。

俊平にとって側室さえも重い。

「いずれにしても、一身上のことゆえ、余がとやかく言うことではないが」

「はい。それよりも、上様」

「なんじゃ」

「金《きん》がございませぬが、これよりいかがなされます」

「うむ、そうであったな」

吉宗は持ち駒を摑んで、盤面にじゃらじゃらと落とした。

「投了じゃ」

「あきらめが早うございます」

「もう読み切っておる。だが、幕府の財政改革はあきらめぬぞ。これからが本番だ。そちも知恵があれば貸してくれ」

吉宗はそこまで言ってゆっくりと立ち上がった。

「心得ましてございます」

俊平は深々と平伏し、伊茶との仲をどうしたものかとあらためて考えはじめた。

将軍吉宗の、直々の言葉はさすがに重い。

五

小菅の河原で壮絶な果たし合いがあって、五日ほど経ったある日のこと。お局館でささやかな祝いの宴が催された。

祝い事が重なっている。ひとつは他でもない、立花貫長が無罪となったこと。

いまひとつは、鍛冶屋伝次と芝辻祥右衛門の娘里との間にささやかな結納《ゆいのう》が取り交わされたことであった。

お局方の稽古場となった二階大広間は、さすがに訪問客で溢《あふ》れかえっていた。

むろん親しい俊平の仲間たちの他に、このお局館で初めての初老の商人風の人物が迎えられ、里にもどった鶴姫が、父子づれで佐門、伝次親子と四人で歓談している。

里の隣で、たびたび目を合わせながら微笑みあう伝次であったが、宴が始まってからは芝辻祥右衛門から鍛冶の技術を父佐門とともに口伝えに教えられ嬉しそうである。

「まこと、佳《よ》き日となったな」

俊平が、隣席の立花貫長にそう言えば、

「こたび、首の皮一枚でこの命はつながったわい。さすがひやりとしたぞ」

貫長が、太い猪首《いくび》を撫でる。

「謹慎中は、なにをなさっておられたのですか」

今日はめずらしく女らしい小袖に打ち掛け姿の伊茶が、笑いながら貫長に問いかけた。

「なに、家臣を集め、わしが切腹となったらあの赤穂の浪士のように、有馬の屋敷に討ち入れと指示をしていた」

「みなは、色好い返事をされましたか」

俊平が、からかうようにして訊いた。

「それは、のう」

貫長は同席の侍《さむらいやつこ》奴のような用人諸橋五兵衛《もろはしごへえ》に声をかけた。

「みなおろおろするばかりで、まことに不甲斐ない奴らでござって、それがし一人にても、討ち入るつもりでござった」

諸橋五兵衛は冷たい藩士を思い、いまいましげに膝をたたいた。

「そうか。わしの前では、必ず、などと申しておったが、まことに情けない者どもよな」

貫長が大げさに嘆いてみせた。

「兄者、大坂の蔵屋敷では、兄者が腹を切った後は、わしを藩主として迎えるゆえ藩を支えてほしいと、追いかけまわされていた」

「やはり許せぬ！」

貫長がカッとなって、片膝を立てたところを、

「貫長殿は、あいかわらずだな。段兵衛が言ったことは、みな嘘だ。すぐに火がつく性分が改まったか、おぬしの修養のほどを、私が五兵衛殿に頼んで確かめたのだ。やはり、怒りっぽさは治ってはおらぬ。たしかにみな、おぬしの仇を討つという話であったぞ。のう五兵衛殿」

俊平が、すでに気心の知れた貫長の用人に声をかけた。

「その……、まことに、そのようでござった」

と、諸橋五兵衛が狼狽しながら応えた。

「とまれ、首のつながったのはなによりだ。これからは、藩政に励んでくれ」

俊平が、笑って貫長の肩をたたく。

「ところで、貫長殿、三池藩の焚石はいったいどうなっているのだ。私は聞いたこともない話ゆえ、驚いたぞ」

「いや、俊平殿にはすまぬことをした。商売仇もあっての。秘中の秘ゆえ、これまで誰にも告げることができなかった」

「ということは、黒田藩の動きはすでに知っておったのか」

「大坂の蔵屋敷には、たびたび密偵が蠢いておるとの報告があったのでの」

「そうか――」

俊平は気性の荒さだけが目立つ貫長の意外に慎重な一面を見た思いであった。

「いや、うちの焚石はじつに上質なものだ。黒田の物よりはるかによく燃える。それが証拠に」

貫長は振りかえって、女たちが運んでくる焼き鯛の膳に目をやった。

「みなさま、そろそろ膳の準備がととのいました」

襖が開いて、綾乃が背後を振りかえれば、常磐、雪乃、吉野、三浦などお局たちが酒膳を持ってつぎつぎに部屋に入ってくる。

「綾乃どの、なんともありがたいが、これはみな焚石で焼いたものか」

俊平が訊ねると、

「はい。筑後三池藩ご家中の方々が、運んでくだされました」

貫長が大きくうなずいた。

「で、火は誰が熾《おこ》されたのか」

俊平が、怪訝そうにたずねた。

「じつは……」

里と寄り添っていた伝次が、俊平に声をかけた。

「火は先ほど、私が熾しました」

「はい、伝次さんに火熾しの仕方を、しっかり教えていただきました」

吉野がにやにやしながら言う。

「おいおい。どうりで、今宵の宴は妙に熱く火照《ほて》っていると思っていたが、焚石と伝次、里の両方の熱のせいだったのだな」

俊平が、面白そうに冷やかして言った。

と、階下で声がある。

その大声で、誰が到来したか俊平にもすぐにわかった。

お局方も、もう浮き足立っている。

「柳生先生——」

がらりと襖が開いて、姿を現したのは大御所二代目市川団十郎である。

供は玉十郎であった。

「今日はめでたいことが重なったようで、おめでとうございます」

大御所が、妙にあらたまった口ぶりでそう言い、部屋を見まわした。

「へえ、こちらが鶴姫さまで。話を聞けば、大名家のご正室の縁談を捨てて、鍛冶屋の女房に。なんとも気《き》っ風《ぷ》のいいお姫さまだ」

大御所が、里を大絶賛すれば、

「まあ、そのような」

お里が、赤面して伝次と顔を見あわせた。

「それに嬉しいねえ。貫長さまも、お咎めなし、そのうえ、筑後三池藩の最高の焚石で焼いた鯛にありつけると聞いた。じつのところ、〈大見得〉の鯛が品切れになってから、もう芝居どころじゃなかったんだよ」

大御所がしみじみ言えば、

「大御所の芸域が広がったね。滑稽《こっけい》な味が出ているよ」

俊平が大御所をからかって言う。

「それなら、〈大見得〉には我が藩から焚石を回そう。これからは、毎日食べてもらうよ、大御所」

貫長が、嬉しそうに大御所に向かって言った。

大御所と玉十郎が席につけば、二人のために追加の膳が運ばれてくる。

「こいつも、すっかり焼き鯛に味をしめちゃってね。まだ十年早いが、今度のはたらきに免じて連れてきたというわけだ」

大御所が玉十郎の額を突いた。

「こたびは、玉十郎にはいろいろ世話になった」

「なんの、なにもろくにできませんで」

「それで、黒田藩の屋敷に潜り込み歌舞伎のせりふ本を売り込んだのかい」

俊平がたずねると、

「へい。三日ほど前に黒田屋敷に行ったら、そりゃ、火の消えたような静けさで、喪《も》に服すご家臣ばかりで、台本なんぞ読んでくれる人は、おりませんでした」

話を聞いて、座が重く沈んだ。

「話は聞きましたよ、先生。半兵衛さんは、立派なご最期だったっていうじゃありませんか」

「まこと武士の鑑《かがみ》のような人であった」

俊平は箸を置いてしみじみと半兵衛を回想した。

「まあ、ふたりの門出だ。暗い話は、これくらいにして」

団十郎が、話を上手に逸らした。

「伊茶さま、あちらのほうの話はすすんでおりやすか」

剽軽者の玉十郎が、おどけた調子で俊平と伊茶の顔を見まわした。

「なんのことだ、玉十郎」

「あの話だろう」

話に割って入ったのは、喜連川茂氏である。

「上様からお聞きしましたぞ。上様は小石川の御薬園で伊茶さまをご覧になり、まことによき姫であったと思われておられました。あれは俊平にはもったいないとも」

「まあ……」

伊茶はいきなり茂氏からそう言われて、両手で顔を押さえた。

「そうでございますよ。伊茶さま」

鶴姫が、伊茶にはっきりした口調で言った。

「身分格式などでは、ひとは幸せにはなれませぬ。ご側室けっこう。柳生さまが、ほんとうにお好きなら。そうではございませんか、ねえ、柳生さま」

鶴姫に話を向けられて、俊平は動揺した。

「そいつは初耳だ。いつからそういう話が出ていたんだい」

大御所が、大きな目を剝いて俊平と伊茶を見くらべた。

「それはいい。それはいい」

茂氏もうなずく。

段兵衛も驚いて団栗眼《どんぐりまなこ》で伊茶と俊平を交互に見た。

「まあ、好いた者どうし、結ばれるのがいちばん。ねえ、段兵衛さん」

妙春院が段兵衛ににじり寄った。

「まあ今日は、なんとおめでたい話ばかりでございましょう。みなさまのご祝言には我らも、ぜひ呼んでくださいまし」

綾乃が声をあげて言うと、女たちがいっせいに嬌声《きょうせい》をあげた。

「むろんでございます」

伊茶が、はっきりと応えた。

「お待ちくだされ、私と伊茶どのは……」

俊平が赤面して首を振ると、

「なに、こうした話は周りが放っておかない。どんどんすすんでいくよ」

大御所がそう言ってから、

「ねえ、このあたりで、いつもの三本締めといきゃァしませんか」

みなに誘いかけると、

「それじゃあ」

と、みながいっせいに箸を置く。

「貫長さまの無罪確定。鶴姫様のお嫁入り、それに柳生様、伊茶さまの……」

「おい、大御所。それはまだだ」

俊平があわてて打ち消した。

「まあ、そういうことで、お手を拝借」

「ようッ」

公方様喜連川茂氏の合いの手が入り、大御所の音頭で、みなが揃ってシャンシャンシャンと手を打てば、女ばかりのお局館に、時ならぬ大きなどよめきが巻き起こった。

時代小説
二見時代小説文庫

将軍《しょうぐん》の秘姫《ひめ》 剣客大名《けんかくだいみょう》 柳生俊平《やぎゅうとしひら》7

著者 麻倉一矢《あさくらかずや》

発行所 株式会社 二見書房
東京都千代田区三崎町二-一八-一一
電話 〇三-三五一五-二三一一［営業］
〇三-三五一五-二三一三［編集］
振替 〇〇一七〇-四-二六三九

印刷 株式会社 堀内印刷所
製本 株式会社 村上製本所

落丁・乱丁本はお取り替えいたします。
定価は、カバーに表示してあります。

 ISBN978-4-576-17125-8
http://www.futami.co.jp/